L'âme du violon

MARIE CHARVET

L'âme du violon

ROMAN

J'AI LU

À Madeleine
Une vie sans passion n'est rien.

À mon père
L'exigence et le beau.

À Herlé
Il faut trouver la source.

1

Un rai de lumière tombe sur l'établi. Perçant la pénombre, l'épais faisceau se teinte de la couleur dorée des fins de journée. 16 heures ont sonné et en Italie du Nord, au début de l'hiver, le jour décline rapidement.

Des milliers de particules s'agitent sous le nez du luthier. Giuseppe relève la tête. Il passe ses mains sur son visage, de longues mains aux doigts fins et noueux, marquées par le travail. Depuis combien de temps caressent-elles la surface du bois pour le mesurer, le deviner ?

Giuseppe a perdu l'habitude de compter les années. Il pourrait ne pas avoir d'âge. Son visage est comme poudré par la poussière du bois, ses yeux sont étoilés de centaines de ridules, aussi nombreuses que les heures qu'il a passées sur son ouvrage. Giuseppe s'y consacre entièrement. L'atelier, c'est sa vie.

Il fait deux sorties par semaine. Le dimanche à la messe de la Basilica di San Pietro de Dom – la cathédrale de Brescia – où il aime écouter les magnifiques orgues construites il y a maintenant plus de vingt ans, en 1601, par l'héritier du facteur d'orgues Antegnati. Il admire le jeu et la dextérité du maître de chapelle, Paolo Virchi, un musicien de premier ordre ; il aime particulièrement ses interprétations des *toccate* de Gabrieli à la sortie de la messe. Il est toujours le dernier à quitter l'église pour les écouter. On le croit en train de prier.

Sa deuxième sortie a lieu le mercredi matin au palais Monfrino. Il s'y rend avec son maître – le célèbre luthier Giovanni Maggini – pour accorder les instruments du comte de Cagliostro et de sa fille.

Ces visites régulières lui coûtent cher. Il redoute les colères du comte autant que ses caprices. La durée des séances au palais varie de quelques minutes à quelques heures, suivant l'humeur du souverain. Giuseppe doit parfois essayer les instruments les uns après les autres pendant que Maggini vante leur sonorité, leur ton unique, leur volume parfait. Certains matins, il faut seulement accorder la cithare de Clara, la fille du comte. D'autres fois, il n'y a rien à faire ; son maître et lui écoutent en silence les commentaires de Cagliostro au sujet des sonates, concertos et madrigaux joués à l'occasion des fêtes organisées au palais. Plus rarement, ils sont sollicités pour des projets fantasques qui n'ont encore jamais vu le jour : la réalisation d'un ensemble d'instruments fabriqués à partir du même bois ou la création d'un violon inédit qui porterait le nom du comte.

Mais quel que soit le sujet de ces entretiens, ils essuient régulièrement des propos humiliants : ils sont incompétents, les plus mauvais luthiers de la région, indignes de travailler pour le comte qui menace très souvent de se rendre à Crémone ou à Mantoue pour trouver de meilleurs artisans. Ces jours-là, ils partent sans les versements qui leur sont dus et, dans une fureur égale à l'humiliation qu'il vient de subir, le maître Maggini déverse ensuite sa colère sur Giuseppe.

Ces séances épuisent le luthier. Il lui faut près d'une journée pour retrouver son calme. Selon l'humeur du comte, il souffre de maux de tête plus ou moins violents. Quand ce dernier s'est montré particulièrement acerbe ou lorsque ses requêtes dépassent le bon sens et la logique, les migraines deviennent terribles. Elles s'accompagnent alors de crises d'éternuements qui le laissent congestionné, les yeux rouges, incapable de rien faire, immobile à l'établi et désespéré par son état.

Ce dimanche soir, il ne lui reste plus que deux jours de tranquillité avant de prendre le chemin du palais. Mercredi, il attendra dans l'antichambre d'être reçu avec le maître et sera sûrement introduit ensuite avec empressement auprès du comte animé par un nouveau projet.

Devant la lucarne de l'atelier, l'ombre de Giuseppe se redresse après de nombreuses heures de travail. Sa longue silhouette fait quelques pas dans le grenier pour allumer les bougies devenues nécessaires à cette heure de la journée. Les flammes parent les murs d'or et font briller les robes des violons suspendus aux poutres. Les outils s'alignent sur l'établi dans un ordre scrupuleux. Giuseppe tourne la tête de droite à gauche pour délasser sa nuque et boit quelques gorgées d'eau à la cruche avant de reprendre les passages de vernis sur le dos d'un violon.

Une galopade dans l'escalier précède une rafale de coups sur la porte.

— Peppo ! Peppo ! Tu es là ? Ouvre ! C'est moi ! Ouvre ! Ouvre !

La porte du grenier tremble.

— Vite ! Vite !

— Oui. Oui. Stefano, répond Giuseppe d'une voix grave. Qu'est-ce qu'il y a ? J'arrive.

Cet enfant est enragé, vraiment. Qu'y a-t-il donc de si urgent ?

L'artisan se lève et tire le loquet pour laisser pénétrer dans l'univers paisible de l'atelier un petit démon aux cheveux blonds. Courant d'une table à l'autre, tournant autour des cales et des serre-joints, manquant de renverser un tabouret, Stefano lui fait part des dernières nouvelles avec exaltation.

— J'arrive de l'*osteria* et j'ai entendu dire que le prince Bardolino va venir la semaine prochaine au palais Monfrino ! Le comte de Cagliostro veut qu'il épouse sa fille ! Il va organiser un grand banquet et elle devra jouer du violon pour séduire le prince mais ils ont dit que ça ne marcherait jamais parce que Clara a un gros nez.

Stefano sourit, amusé par la chute de son histoire, puis s'arrête devant Giuseppe, soudain conscient d'avoir brisé le calme qui régnait dans l'atelier.

— Bonjour mon garçon, on pourrait commencer par là, lui répond doucement l'artisan. Alors comme ça, tu apportes des nouvelles fraîches !

— Oui, oui, j'ai tout de suite pensé que tu devais l'apprendre ! Parce que le comte va sûrement se mettre dans des états terribles pour l'organisation de ce concert…

— Je crains que tu n'aies raison, mon petit, dit Giuseppe en se rasseyant à l'établi. Nous allons certainement traverser quelques journées éprouvantes.

— Oui, il paraît que Cagliostro veut que le concert donné par Clara soit exceptionnel.

— *Dio mio che inferno !* marmonne Giuseppe en donnant de légers coups de pinceau sur le bois d'érable.

Stefano se tient debout à ses côtés, si près que Giuseppe peut sentir son souffle tiède et court, semblable à celui d'un petit animal. Concentré, le garçon observe ses gestes avec attention.

C'est un enfant de dix ans, petit pour son âge, avec des boucles blondes aux reflets roux et des joues aussi rebondies que celles des anges peints sur la voûte de l'église Santa Maria Del Carmine. Il est le neveu du maître, qui l'a recueilli après la mort de sa belle-sœur à la naissance de son onzième enfant.

Giuseppe s'est pris d'affection pour ce garçon turbulent et frondeur qui répond avec insolence à son oncle, ne craint ni les corrections ni les taloches, et préfère être puni plutôt que d'obéir aux ordres souvent arbitraires de Maggini. Surtout, Stefano montre un intérêt sincère pour la lutherie. Ses visites à l'atelier, irrégulières au début, se sont peu à peu rapprochées jusqu'à devenir quotidiennes.

Il a passé des heures à le regarder polir des manches, tailler des chevilles, dessiner des chevalets, mouler des tables, emporter des ouïes, caler des éclisses, échancrer des filets. Parfois, il posait une question, interrogeait un geste : pourquoi avoir choisi le rabot noisette, le trusquin, le rifloir ? Chaque fois, Giuseppe a pris le temps de lui expliquer, détaillant l'usage des limes, des perçoirs, des vrilles, des vilebrequins.

Après plusieurs mois, Stefano a demandé s'il pouvait occuper un petit espace dans l'atelier. Il a alors commencé à sculpter des morceaux de bois mis au rebut par l'artisan pour en faire des épées, des chevaux et des navires, au gré de ses envies et des jeux de son âge, mais il les a rapidement délaissés et s'essaye depuis quelque temps aux premières pièces qui forment un instrument.

Giuseppe est bon professeur. Il n'hésite pas à abandonner son ouvrage pour rattraper d'une main sûre un coup de rabot malheureux et aider ainsi le garçon en lui transmettant un peu de son savoir-faire.

Il est l'artisan le plus brillant de l'atelier de Maggini. Ayant débuté le métier à l'âge de treize ans, en 1598, il s'est vite perfectionné et distingué pour la qualité et la finesse de ses réalisations. L'équilibre chaque fois plus abouti de ses instruments lui a d'abord valu la jalousie de ses compagnons, mais son génie indéniable et sa modestie ont fini par emporter l'admiration de tous, y compris celle du maître.

Grâce à ce talent, Giuseppe a gagné son propre espace, à part, dans l'atelier, un lieu qui s'est agrandi et déplacé au fil des années, de plus en plus loin, jusqu'à finir au dernier étage de la maison. C'est là qu'œuvrent maintenant ses mains talentueuses, des « mains d'or » comme les appelle Maggini quand il vante les qualités de son artisan.

Le maître Giovanni Maggini est un petit personnage replet et rougeaud, malade et colérique. Atteint par la goutte depuis plusieurs années, il a été contraint de cesser d'exercer la lutherie et son activité consiste maintenant à vendre le plus cher possible les instruments sortis de l'atelier où travaillent des artisans de plus en plus nombreux. L'énergie et la pugnacité qu'il mettait jadis à réaliser les instruments qui ont fait sa renommée, il les consacre désormais aux transactions et aux affaires qu'il mène avec le même succès. Chaque vente est un défi et il adore cela. Il monnaye, gonfle les prix, négocie à la hausse, invente des acheteurs rivaux, se fait désirer, puis revient avec un instrument qu'il prétend unique. Il ment régulièrement sur les délais afin de passer pour le luthier le plus rapide de la région. Tout est bon pour arracher quelques florins de plus à son acheteur.

Dans cette course au gain qui remplace sa quête de perfection passée, Maggini réserve une place spéciale aux productions de Giuseppe, dont la réputation a dépassé les limites de la province. Il n'a pas son pareil pour tirer profit des succès rencontrés par les violons de son luthier. Pour augmenter encore les bénéfices réalisés, il ne cesse de le presser, lui demandant d'accélérer son rythme de travail, le tourmentant sur le délai de remise impérative auprès de personnages dont l'artisan entend les noms sans les retenir.

Le discours est chaque fois le même :

— *Impossibile,* Peppo. *Impossibile.* Il est impossible de ne pas livrer avant la fin de la semaine. Je ne comprends pas ce que j'ai fait pour travailler avec quelqu'un d'aussi lent ! Tu aurais pu apprendre à aller plus vite, depuis toutes ces années ! Si tu continues à ce rythme-là, je vais retarder tes gages. Tu ne me laisses pas le choix. Et ne me force pas à prendre de mauvaises décisions. Je ne tolérerai pas de retard, cette fois-ci ! Nulle part ailleurs on ne te laisserait autant de temps pour travailler et nulle part ailleurs tu n'aurais ton propre espace. Je suis trop bon avec toi. *Impossibile. Impossibile.*

Et Maggini d'aller et venir, soupirant et transpirant sous les poutres du grenier, passant ses nerfs sur Giuseppe, évacuant auprès de lui la frustration de ne plus travailler de ses propres mains et la jalousie d'assister à l'ascension secrète de l'un de ses anciens élèves.

Le plus souvent incapable d'ordonner un discours structuré afin de se défendre, Giuseppe laisse passer les orages de son maître. Penché sur l'établi, il attend la fin des colères et des menaces. Il sait qu'il ne pourra pas finir plus vite les contre-éclisses qu'il a mises au point, pas plus que les doubles filets qu'il incruste sur la table des violons et qui viennent ourler de noir les formes galbées des instruments.

Si Giuseppe déteste ces accès de violence qui éclatent régulièrement, il craint plus que tout les conflits. Avec le temps, il a donc appris à devancer les crises de son maître. Il les sent arriver de loin, en connaît les signes avant-coureurs et peut même deviner leur ampleur au bruit des pas de Maggini gravissant les marches qui mènent à son étage. Rapides et bruyants, butant sur les contremarches, ils augurent des scènes féroces. Lents et traînants, ils annoncent une entrevue plus calme, voire débonnaire.

La nouvelle de la prochaine visite du prince Bardolino chez le comte de Cagliostro laisse néanmoins présager le pire. Giuseppe imagine déjà le maître entrer dans des fureurs terribles. L'artisan est en train d'achever un violon qui, une fois encore, a été annoncé comme unique et exceptionnel, mais sur lequel il lui reste des heures de travail pour parfaire les ultimes détails : polir les vernis, caler la mentonnière et enfin positionner la plus délicate des pièces, l'âme du violon. C'est une petite baguette de bois conique, qu'il faut introduire par l'une des ouïes grâce à un outil appelé, justement, la « pointe aux âmes ». C'est un moment aussi difficile que décisif, où il faut pousser la pièce tout en douceur jusqu'à la placer parfaitement entre le fond et la table. De cette position dépend la résistance de la table aux pressions exercées par l'archet ainsi que la transmission des vibrations des cordes dans le fond. Elle détermine ainsi le volume, la puissance des graves et des aigus, le timbre. Une âme parfaitement ajustée peut changer totalement la sonorité d'un violon. Giuseppe y accorde un temps infini, utilisant un miroir afin de se guider à l'intérieur de l'instrument, testant le son après chaque infime déplacement.

Perfectionniste, il n'a d'ailleurs jamais su se résoudre à laisser partir un instrument qui n'ait reçu son approbation totale. Là est le principal sujet des discordes qui l'opposent à Maggini. Car l'artisan n'est jamais satisfait du résultat. À ses yeux, il se doit d'avoir donné le meilleur de son art afin que le violon fasse vivre au mieux la musique. Il cherche sans cesse à s'améliorer et y met tout son savoir-faire et son énergie. C'est pourquoi devoir vendre sans avoir eu le temps de chercher plus loin est un déchirement pour lui ; chaque vente ravive la plaie de son insatisfaction et sa quête infinie de perfection se teinte ainsi de frustration. Mais c'est aussi grâce à elle qu'il ne se lasse jamais, car chaque nouvelle réalisation est une occasion pour lui de se dépasser.

Selon lui, une secrète alchimie agit sur la facture finale d'un violon. Il admet ainsi ne pas avoir la maîtrise totale des éléments qui permettent de réaliser une pièce d'exception. Une part de magie et de hasard intervient, échappant à la raison et au calcul, une part qu'il cherche pourtant à maîtriser.

Il sait dès à présent que Maggini va lui demander de terminer le violon en cours plus vite que prévu. Il l'entend déjà :

— Peppo, c'est fini maintenant ! Donne ce violon tout de suite ! Je dois l'apporter au comte aujourd'hui ! Je ne peux plus le faire patienter !

Giuseppe redoute la scène à venir et se remet au travail, penché sur son ouvrage. Stefano est également installé à son établi. Une heure plus tard, le garçon vient le trouver et l'interrompt :

— Peppo ! J'ai fini ma volute ! Regarde !

Le petit brandit une pièce d'érable sculptée en forme de spirale qui s'enroule pour décorer la tête d'un manche. Elle s'élance en s'affinant, déroulant ses lignes douces et régulières.

Giuseppe inspecte le bois avec attention. Sa main passe et repasse, lisse la matière, cherchant le défaut, guettant l'aspérité.

Il ne cache pas sa joie, le petit est doué.

— C'est bien, mon garçon ! Elle est très bien, ta volute. Tu vas maintenant pouvoir travailler le chevillier. C'est délicat, il faut être attentif et respecter une ouverture identique pour les quatre chevilles. Il ne faut pas forcer, tu te souviens ?

— Oui mais les chevilles ? Quand est-ce que je fais des chevilles ? Je veux faire de l'ébène, moi !

— Patience, mon garçon, patience. C'est un bois encore trop dur à travailler pour toi, pour le moment. Mais il se fait tard, nous commencerons le chevillier demain.

Alors qu'il repose la volute sur l'établi, 18 heures sonnent en haut du campanile. Il fait sombre et les yeux de Giuseppe piquent à la lumière capricieuse de la bougie. Demain sera une journée agitée, mais pour ce soir, il a fini. Il descend avec Stefano les marches de l'atelier après avoir plongé les violons dans le noir.

2

L'obscurité tombe sur le campement, étirant les ombres des roulottes. Les feux s'allument en crépitant et, brûlant d'un mauvais bois, lancent leurs flammes à l'assaut du ciel où pointent les premières étoiles. C'est l'heure bleue, fragile, qui fait basculer le monde des vivants et du réel vers celui des ombres et des contes.

Lazlo rejoint le camp à côté de Nogent-sur-Marne, après deux heures de marche depuis Paris où il a échoué à vendre le bazar qu'il porte sur son dos. Empaquetés dans un drap de toile épaisse, casseroles, couteaux, faitouts, louches, passoires en fer-blanc finissent au sol dans un grand bruit de défaite. Il n'est pas doué pour la vente, ni pour autre chose d'ailleurs. C'est devenu un sujet de plaisanterie dans le camp tzigane tout entier.

— Demande donc à Lazlo de fourguer ça si tu veux le garder ! a-t-on pris l'habitude de dire ici en riant.

Il faut dire qu'il n'est pas doté du talent des jeunes de son âge ni de celui des hommes de la communauté. Ceux-là pourraient négocier un bout de bois au prix fort quand lui échoue à brader une casserole de qualité. Son oncle Nathanaël, rodé à tous les métiers et familier des bons coups, s'est pourtant employé à lui refiler ses trucs et ses astuces, mais sans succès.

Des heures durant, il lui a expliqué les tuyaux, mimé les gestes, montré les regards, répété les mots à dire au bon moment ; surtout, il a tenté de lui transmettre l'esprit qui habite un vendeur tzigane, mais Lazlo n'y arrive pas.

— Il faut y croire ! Tu dois être totalement convaincu que tu achèterais ce que tu vends si tu étais en face. Ça vient comme ça, le baratin !

Lazlo y met toute son énergie mais rentre chaque fois vaincu, après avoir donné le meilleur de lui-même.

Ce soir, le dos rompu et la tête pleine des bruits que faisait la ferraille pendant le trajet, il dépose son chargement au pied de la verdine et enlève sa chemise mouillée. En cette soirée de début d'été, il fait chaud et la route l'a mis en sueur. Il ouvre la porte : personne. Nathanaël a dû aller jouer aux cartes avec Chavo et Zoran. Il jette sur un siège de la roulotte l'édition du canard du jour piquée au troquet dans l'après-midi. La manchette annonce : « Dimanche 31 août 1931. Prix du Parc des Princes : Lehman – Baudeloque – Borgotti. Fin du championnat d'Europe de natation. Coupe Dunlop d'aviation : l'appareil du comte de Clermont-Tonnerre démarre le premier. » Passionné de sports, son oncle sera sans doute ravi par cette lecture.

Lazlo vide une demi-carafe d'eau abandonnée sur la table où boulons, vis, ficelles, tôles froissées, fer-blanc, serrures, clés de toutes tailles s'empilent sans laisser voir la nappe. Au fond de la verdine, deux couchettes accumulent des édredons imprimés de fleurs couleur vieux rose. Les rideaux aux franges jaune moutarde laissent passer les reflets des feux de camp.

Lazlo attrape un violon suspendu au clou près de la porte et s'assied sur le marchepied. Un grillon répète son cri sans faute de rythme. L'air est empli de l'odeur des grillades du camp et des foins coupés dans les prés voisins. Dans la tiédeur de la nuit, l'archet accroche une première note. Ronde, veloutée, elle s'étire et semble gagner le ciel avant d'ouvrir la voie à une envolée de croches. Les doigts de Lazlo se lancent à l'assaut de la mélodie, ils sautillent, tricotent, entremêlent d'invisibles fils, montent et descendent, dans un chemin fait de trilles, de vibratos, d'appoggiatures, de glissandos. Fascinantes, luminescentes, les notes explosent maintenant dans la nuit, tristes et joyeuses à la fois. Elles sont habitées de cette âme *gipsy* dont Lazlo est pétri, mélange de mélancolie et d'une envie féroce de liberté et de vie. Soudain, la cadence reprend son souffle, se fait tendre et douce, avant que l'archet ne reparte pour une nouvelle attaque.

Lazlo joue depuis tout petit. Les notes lui appartiennent. Elles sont dociles et fidèles sous sa main, se plient à ses envies, obéissent sans faillir.

Il est doué, son talent est évident, brut.

Tout le monde au camp est unanime : pas un gars n'a joué comme ça depuis des générations. D'ailleurs, personne ne lui a jamais demandé d'arrêter de jouer, mais son don ne fait pas tout. Il n'est bon qu'à la musique et tout le camp le lui fait savoir.

Mais quand il joue, il oublie. Il n'y a plus de feu, de verdine, de barda invendu, de faim, de soif, de déception, d'échec, de solitude. Il est tout entier à la musique, dédié à elle qui exige son entière attention.

Les notes filent, le temps passe et il joue sans relâche. Il s'enroule dans la musique, se glisse dans la mélodie, frissonne quand le vibrato résonne, respire plus vite quand le rythme s'accélère, ferme les yeux quand il ralentit avant le final.

L'air de *Dana-Dana* arrive soudain.

Tandis que ses doigts courent le long du manche et s'approchent du corps du violon, Lazlo sent la tristesse s'étirer dans les accords. Son poignet leur insuffle une vibration mélancolique tandis que l'archet donne de l'ampleur à la plainte que tout l'instrument crie pour lui. Rien ne peut mieux dire la peine qu'il ressent. L'expression juste de sa tristesse, de l'absence de celle qu'il aime, de sa solitude. Dans le noir de la nuit d'été, le violon pleure ses notes qui se répètent et se répondent.

Nathanaël arrive brusquement et tire Lazlo de l'état hypnotique dans lequel il était plongé sans plus de précaution.

— Tu veux pas venir casser une graine avant d'aller te coucher au lieu de jouer tout seul comme un malheureux ? demande-t-il, moitié plaisantant, moitié râlant.

Lazlo achève la mélodie, laissant sonner un à un les derniers accords, puis se lève et rejoint son oncle à l'intérieur de la verdine.

D'une beauté insolente, grand et sec, il a un physique d'athlète grec, aux muscles longilignes et aux attaches solides. Il a des traits réguliers, des cheveux bruns et bouclés, des yeux verts constellés de petits éclats dorés. Il est beau, a-t-il entendu dire plusieurs fois sur son passage, mais il poursuit son chemin sans prêter attention aux regards qui se posent sur lui. Qu'est-ce que la beauté ? Quel prix a-t-elle ? Et à quoi lui sert-elle ?

Sa peau est tannée par le soleil et le grand air, ses mains calleuses montrent des cors au bout des doigts et la poussière de la route est collée dans son cou. À dix-neuf ans, Lazlo est déjà un homme, même s'il n'en a pas envie, pas envie de cette vie d'adulte, de ces codes à respecter, ces décisions à prendre, ces responsabilités.

Il voudrait échapper aux règles qui organisent la vie ici, avec les anciens qui décident, les jeunes qui exécutent, chacun essayant de tirer son épingle du jeu. Bien qu'ils appartiennent tous à la même famille, on ne peut compter que sur soi et personne ne fait de cadeau.

Jusqu'à maintenant, Lazlo a été protégé par son oncle, qui tient une position respectée parmi les anciens. Mais qu'en sera-t-il lorsqu'il ne sera plus là ? Lazlo connaît l'inquiétude de Nathanaël. Il sait que ce dernier ne pourra pas indéfiniment couvrir ses erreurs, ses échecs, ni sa différence. Qu'il disparaisse un jour et la place privilégiée qu'il tient au sein de la communauté est perdue. Il est lucide sur la fragilité de sa situation. Lorsqu'il imagine sa vie sans Nathanaël, il entrevoie les tâches ingrates, les besognes fatigantes et les travaux abrutissants qui seront son quotidien. C'est le sort réservé ici à ceux qui ne gagnent pas.

Depuis la verdine, Lazlo a déjà entendu les discussions des anciens à son sujet.

— Il ne rapporte pas une flèche, ton minot, disait le gros Chavo assis devant le feu.

— Qu'est-ce que tu vas faire avec ce môme, Nathanaël ? Des heures de musique... Est-ce qu'au moins il pourrait gagner un peu d'oseille avec son violon ? demandait Zoran.

Un couteau à la main, son oncle taillait un bout de bois, silencieux. Il finissait par répondre :

— Vous êtes durs. Ça viendra. Faites-lui confiance, au petit.

— Il ne fait pas partie du clan. Ça se voit.

— Il est différent, c'est vrai, concédait son oncle.

— Il faut qu'il fasse des efforts, Nathanaël. Qu'il rapporte quelques francs ou ça va mal finir, tout ça.

Le seul don de Lazlo est la musique, et en particulier la musique *gipsy*. Celle qui l'a bercé depuis petit, qu'il a entendue lors des fêtes, des baptêmes, des mariages, qu'il a apprise et qu'il joue depuis toujours. Celle surtout qui coule dans ses veines malgré ce qu'on raconte.

Son père était un *gadjo*, un non-manouche, une honte planant sur le fantôme de sa mère mystérieusement disparue lorsqu'il avait cinq ans. Elle avait bafoué les traditions tziganes ancestrales en fréquentant cet homme étranger à la communauté manouche et avait attiré sur elle et sa famille honte et rejet. Pire encore, elle avait fauté en mettant au monde un enfant sans être mariée.

Lazlo garde d'elle le souvenir d'une femme triste qui chantonnait, penchée sur d'immenses draps blancs qu'elle recousait sans fin. Il ne se souvient pas de son visage, comme effacé à force de larmes.

De son père, il ne sait rien si ce n'est qu'il avait séduit sa mère par sa beauté éclatante – celle-là même dont il a hérité –, par son humour et sa joie de vivre, et par sa voiture rouge décapotable – une magnifique Motobloc de 1914. Il aurait courtisé sa mère des heures durant. Non qu'elle eût été très belle, elle était plutôt commune, mais la musique, affirme son oncle, cette musique qu'elle chantait sans cesse et sans fin, sans se fatiguer, cette musique-là aurait séduit n'importe qui. Elle chantait des airs magnifiques et envoûtants, qui semblaient connus d'elle seule, des chants écrits sur des partitions imaginaires. Son père l'aurait entendue un jour et serait tombé sous son charme. La suite, Lazlo la connaît.

À l'annonce de sa grossesse, sa voix s'était brisée. Tout juste tolérée, mise à l'écart de la communauté, sa mère avait vécu comme une recluse avant de fuir le camp quand Lazlo était devenu assez grand. Elle avait pris le large vers la ville et y avait disparu sans laisser de trace. Les anciens ici préfèrent évoquer un enlèvement ou une disparition, mais il n'en est rien.

Qu'est-elle devenue ? Que fait-elle ? Qu'aurait été son destin si son père n'était pas parti au front, comme Nathanaël le prétend ? Et lui, où est-il à présent ? Est-il revenu de cette guerre mondiale et meurtrière ? A-t-il même jamais appris l'existence de son fils ?

Sans réponse, Lazlo n'a reçu en héritage que cette beauté encombrante et la passion de la musique. « Mordu depuis tout petit », comme aime le dire Nathanaël. À six ans, il s'est d'abord emparé d'un « demi », un instrument de quelques centimètres plus petit que la taille traditionnelle des violons, et n'a cessé d'en jouer du matin au soir. Il a abandonné les billes, les courses, les chats perchés et les toupies pour se consacrer entièrement au violon. Nathanaël a tenté de l'en détourner, avant de capituler et d'admettre que le *tiquenot* ferait ce qu'il voudrait, de toute façon.

Très vite, Lazlo a conçu un système astucieux pour pouvoir se promener tout le temps avec son violon qu'il portait suspendu dans le dos par des ficelles, comme un sac. Ainsi pouvait-il jouer partout et répéter à loisir quand l'envie le prenait.

Plus tard, il s'est frotté à d'autres instruments. La guitare abandonnée dans la verdine, la clarinette de Chavo, l'accordéon de Zoran. Il apprivoise le nouveau venu avec patience et douceur, cherchant à le faire sonner sous ses mains, trouvant son accord, sa logique. Chaque fois, les difficultés techniques s'effacent sous ses doigts et il parvient à maîtriser l'instrument en quelques jours.

Depuis, avec la même aisance, il passe de l'un à l'autre, multiplie les prouesses techniques, s'amuse de tout. Quand les anciens jouent des airs d'autrefois, il apprend de leurs astuces et de leurs pirouettes. Tous les jours, il répète sans se lasser jusqu'à jouer mieux que les vieux. Il est têtu et obstiné, « Idée fixe » comme l'a surnommé Nathanaël, et cette persévérance est un cadeau pour la musique.

Mais par-dessus tout, Lazlo aime le violon. La vraie voix de son âme. Son oncle l'a un jour sorti d'un des placards de la verdine pour le lui donner. Lazlo l'a aussitôt adopté, faisant de lui le confident de ses journées. Qu'il joue une note et son corps entier lui dit que l'instrument est sien. Lazlo joue du violon et c'est son seul talent.

3

« Tristesse aujourd'hui. La pluie s'étire et fait des longs traits sur la vitre. On dirait des barreaux. Je suis seule. Encore. Et merde ! »

Lucie pose le Bic qu'elle a dû emprunter par mégarde dans un bar hier. Il est tout mâchouillé et a perdu son embout bleu. Qui lui a fait subir ce sort ?

Elle a brusquement envie d'avoir un beau stylo neuf qui viendrait de la papeterie de la rue des Moines, une réminiscence de ses années d'écolière, quand sa mère s'assurait que sa trousse était complète et ordonnée.

Elle regarde tomber la pluie derrière la fenêtre en chien-assis de sa chambre de bonne, perchée au dernier étage d'un immeuble du quartier des Batignolles à Paris. Assise devant la table de bistrot qu'elle a trouvée dans une rue et remontée chez elle, Lucie crayonne sur la feuille blanche. Elle esquisse la fenêtre, les croisillons, la balustrade en fer forgé, la brique de lait restée dehors à côté des yaourts nature. Elle a raté la perspective à gauche du rampant. Elle reprend, rature, peste.

Sur le baromètre de l'humeur, son moral est bas, en dessous de grande pluie, entre 970 et 980 hectopascals, quelque part en bas à gauche dans le cadran, pas loin de tempête ou ouragan. Hier fut une journée lamentable, un de ces jours couleur d'encre qui accumulent les avaries, les pannes et les fins. Elle a perdu son boulot de serveuse au Zinc, sa sœur lui a raccroché au nez à l'issue d'une ultime engueulade téléphonique, puis elle a égaré son portable qui contenait les photos de son dernier week-end à Aix-en-Provence avant de finir la soirée par une cuite terrible au West Bar où l'ingénieur lumière qui la drague depuis des semaines l'a enfin embrassée. Ils ont terminé la nuit chez lui sur un matelas posé au sol, dans un appartement sordide situé au-dessus de la voie de chemin de fer et dans lequel Vincent vit depuis que sa femme l'a viré de chez eux. Réveillée à l'aurore par le bruit des trains, elle a filé se réfugier chez elle où la gueule de bois l'a assaillie toute la journée.

Nauséeuse, les tempes battant au rythme de son cœur, un goût de tequila salement incrusté dans la bouche, elle a passé le reste de la journée à tenter de dormir, avalant des Coca Light, des comprimés de paracétamol 1 000 mg et des solutions de réhydratation pour bébé – un truc de son amie Céline pour doper les acteurs les lendemains de fête. Allongée sur le lit, elle a attendu que le mal passe en regardant les scènes qu'elle avait peintes à même le mur, à droite du lavabo, un jour où elle n'avait plus de quoi acheter de toile.

Ce soir, assise à sa petite table, elle évalue les dégâts. Triste état des lieux. Elle a un cafard redoutable, ses comptes sont à sec, sa sœur Iris refuse de lui prêter même une centaine d'euros. « Ce n'est pas te rendre service que de te dépanner encore. Il est temps que tu assumes et que tu prennes tes responsabilités, lui a-t-elle assené au téléphone.

— Responsable de quoi ? Merde ! »

Lucie en veut à sa sœur et à sa vie bourgeoise. Elle n'est pas responsable d'avoir été virée hier midi sans préavis. Certes, elle arrive parfois en retard. Certes, il lui arrive quelquefois d'oublier de compter la bière ou le café de certains habitués et tenir la caisse n'est pas son point fort, mais pour le reste, elle a toujours bossé dur et su se montrer consciencieuse.

Pas plus tard que vendredi, par exemple, elle a assuré à l'heure du déjeuner. C'était un vrai coup de feu. La terrasse était pleine parce qu'il faisait exceptionnellement doux pour la saison. Même seule en salle, elle a aidé Paul à l'extérieur comme elle a pu. De ses trois mois au Zinc, elle n'a jamais été aussi efficace, allant de la salle aux cuisines, courant entre les tables pour apporter le sel, le poivre et le pain, se faufilant entre les chaises et les manteaux pour servir les assiettes qu'elle tenait bien haut au-dessus des têtes de tous ces clients qui mangeaient en parlant fort.

— Une carafe d'eau, s'il vous plaît, mademoiselle.

— Un café allongé.

— Deux verres de rouge.
— L'addition.
— Vous auriez de la moutarde ?
— Ce sera une tarte Tatin pour finir. Merci.

Elle aurait soi-disant fait une nouvelle erreur de caisse. « C'est celle de trop ! » a conclu Paul.

Elle ne pourra jamais savoir si c'était bien vrai, mais elle en doute. C'est facile de la virer pour ça et elle sait que dans le fond Paul est énervé qu'elle soit devenue amie avec Vincent et toute la bande des Batignolles. Ça le rend dingue qu'une serveuse sympathise avec la clientèle.

En plus d'être injuste, cette nouvelle tombe très mal. Elle est déjà à court d'argent pour payer son loyer et ses factures d'électricité et de téléphone, et il lui reste à peine de quoi acheter les pâtes dont elle se nourrit tous les jours et le café premier prix qu'elle boit par litres. Sa mère dit qu'elle vit à la cloche. Cette fois, il semblerait qu'elle ait raison.

Lucie fait le point : elle doit non seulement trouver un nouveau boulot mais aussi quelqu'un qui puisse l'aider à payer le loyer du mois à venir. Elle pourrait essayer de se faire rembourser en partie les 300 euros qu'elle a dépensés la semaine dernière chez Marin, le grossiste pour les beaux-arts d'Arcueil. Elle regrette, elle n'aurait pas dû acheter ces toiles de coton, pas plus que les couleurs qu'elle aime tant : l'orange cadmium, le bleu de Prusse, l'oxyde de fer violet, le noir de vigne, la terre de Sienne calcinée, mais elle n'a pas pu s'empêcher. Elle était rentrée excitée par ses achats, imaginant déjà la marine qu'elle avait en tête depuis sa visite de l'exposition Vallotton au Grand Palais, et la montagne Sainte-Victoire admirée lors de son dernier week-end en Provence. Elle jubilait. Les paysages étaient précis dans sa tête, les couleurs déjà en cours.

Elle a toujours été le « vilain petit canard » de la famille. C'est ce qu'elle dit en riant quand elle boit des verres au comptoir des bars du quartier. L'opposé de sa sœur. Elle a échoué à l'école là où Iris remportait les félicitations, s'est même fait exclure du cours de danse où sa sœur a excellé pendant des années. Elle ânonnait sans succès *L'Hymne à la joie* de Beethoven sur sa clarinette quand Iris entrait déjà en cours moyen de piano avec un *Prélude* de Chopin. Elle choisissait des jeans Levi's et des Doc Martens quand sa sœur préférait des robes décolletées et des bottes à talons, faisait le mur et fumait des clopes en cachette quand Iris partait en week-end avec les Guides de France. « Je ne comprends pas comment j'ai pu mettre au monde un démon pareil ! » répétait sa mère.

Et le petit démon a grandi jusqu'à devenir une jeune femme fine et hypersensible, réagissant à l'excès à la moindre pique.

Elle a tout de même obtenu son baccalauréat, après un redoublement et un rattrapage. « Au ras des pâquerettes », a-t-on dit dans la famille, mais elle l'a eu. Un déjeuner pour fêter la nouvelle les avait réunis dans leur belle maison de l'Ouest parisien et l'inévitable question était arrivée au dessert : « Alors ma chérie, as-tu décidé ce que tu veux faire l'année prochaine ? »

S'est ensuivie une année de philosophie à la Sorbonne, puis une année d'études théâtrales, puis une inscription à un BTS en communication qui devait lui permettre de trouver un emploi. Quand, au mois d'avril 2010, elle a annoncé qu'elle présenterait les Beaux-Arts et les Arts décoratifs de Paris, la scène a été terrible. Ses parents ont refusé net, qualifiant d'instables ses envies et jugeant ce projet comme « une nouvelle porte de sortie pour échapper à la réalité », a dit son père.

Lucie a donc quitté la maison familiale pour être libre de ses choix, ne pas avoir de comptes à rendre, respirer. La première année, sa mère lui a donné régulièrement un ou deux billets verts. « Pour arrondir les fins de mois », lui disait-elle avec un sourire qui se voulait complice. Mais les liens avec ses parents, inéluctablement, se sont délités. Son père, occupé par ses responsabilités professionnelles, absent et peu enclin à affronter les sujets difficiles, s'est aussi éloigné d'elle, ne tolérant plus le chemin qu'elle prenait.

Lucie ne dit rien mais elle souffre de ce statut à part. Être incomprise, différente, c'est dur. Il n'y a d'amour pour elle que lorsqu'elle respecte les convenances, tous ces « il faut », ces « tu dois », ces « comme ci ou comme ça ». Elle s'accommode difficilement de l'affection relative que ses parents et sa sœur lui concèdent. Elle n'a pas pleinement conscience de la souffrance que lui coûte cet amour sous condition. Plus que triste, elle est surtout en colère, souvent et très fort. Elle explose à la première occasion et ce sont alors des coups d'éclat.

Sentimentalement, ce n'est pas mieux. Elle traverse de longues périodes d'attente et de quête. Elle cherche l'attention de types aussi instables qu'elle et avec qui elle essaye de « se maquer » à tout prix. Elle idéalise, elle espère, elle les voit comme des hommes merveilleux, mais sa demande est si grande qu'ils partent tous au bout de quelques semaines. Son besoin d'amour et son idéalisme les font fuir. Elle n'a pas non plus conscience de cela. Elle se dit qu'elle est seule, juste seule.

Ne reste que sa grand-mère Marguerite – Marguerite Vilar-Cochery, comme l'indique la plaque posée sur la porte de son appartement lyonnais – pour lui donner de l'amour. Lucie garde un lien solide avec elle. Toutes deux ont toujours entretenu une relation particulière, faite d'admiration pour l'une, de tendresse pour l'autre, une complicité instinctive et non formulée. Il leur serait difficile d'expliquer ce qui les lie.

Dans sa pudeur, Marguerite ne s'est jamais posé la question. Elle aime Lucie comme une grand-mère aime sa petite-fille. C'est tout. Elle souhaite lui faire partager ce qu'elle n'a pu transmettre à ses enfants, comme si elle saisissait une dernière chance de vivre enfin le rôle de parent, rôle qu'une carrière faite de répétitions, de concerts et de tournées lui a interdit.

Et Lucie le lui rend bien. Elle écoute et admire cette vieille dame de plus de quatre-vingt-dix ans, qu'elle appelle Bulle, sans se souvenir pourquoi ni depuis quand. Bulle et ses yeux outremer, ses cheveux neigeux réunis en un minuscule chignon. Bulle droite comme un « i », assise au piano demi-queue qui trône dans le petit salon de musique. Bulle qui laisse toujours brûler les repas, occupée à écouter un opéra de Wagner ou des mélodies de Debussy. Bulle qui clame que la qualité du son numérique ne vaudra jamais celle de la platine Philips et des vinyles qui emplissent le buffet, la desserte et les moindres espaces de la salle à manger.

La grand-mère de Lucie a vécu sa vie entière pour la musique. Son père, premier violon de l'Opéra de Lyon, l'a mise au piano très jeune – à cinq ans, se souvient-elle – pour lui permettre de répéter des airs et des traits difficiles avant les concerts. Elle aime raconter de quelle façon il l'a initiée à la musique et comment il l'a fait progresser, sans vraiment lui laisser le choix. « Allons Marguerite, ce n'est pas si difficile ! Tu n'as qu'à jouer ce qui est écrit ! » se rappelle-t-elle.

Ce père passionné et exigeant, dur avec les autres tout comme avec lui-même, lui a transmis un amour inconditionnel pour la musique. Dans quelle mesure cette passion s'est-elle mêlée dans le cœur de Bulle à la dévotion qu'elle avait pour son père ? Personne dans la famille ne saurait le dire.

Grâce à cet héritage, elle a vécu une vie de musicienne professionnelle. Une des rares femmes de sa génération en France, non seulement à travailler, mais à choisir la musique pour métier. Elle est devenue la première femme chef de chant de l'Opéra de Lyon. Son père aurait été fier d'elle.

La Walkyrie, L'Enlèvement au sérail, Le Vaisseau fantôme, Lohengrin, Orphée et Eurydice, Aïda, Parsifal, Carmen, Le Barbier de Séville, Manon, Così fan tutte... autant de productions passionnantes qui ont fait vibrer Bulle, comme des amants auraient pu le faire. Mais ces aventures l'ont aussi éloignée de sa famille, de son mari, de ses enfants, élevés principalement par sa mère, un personnage autoritaire qui imposait une discipline de fer et régnait par la terreur sur l'appartement de la place Saint-Nizier.

Plusieurs fois par semaine, pendant près de quarante ans, dès 19 heures sonnées à l'église voisine, Bulle filait ainsi au Grand Théâtre. Elle courait plus qu'elle ne marchait, impatiente de retrouver le monde des coulisses, les éclairagistes, accessoiristes, costumiers, maquilleurs. À peine entendait-elle les premières gammes que les cuivres lancent pour chauffer les embouchures et le métal que l'adrénaline montait en elle comme l'insuline dans le sang après un dessert sucré. Un frisson la saisissait et toutes ses préoccupations s'évanouissaient : l'érythème de la dernière, les notes catastrophiques du cadet, les absences régulières de son mari. Le spectacle allait commencer et la musique emplir l'Opéra. Alors seulement, Bulle respirait.

Chaque fois qu'elle voit sa petite-fille, elle lui raconte par le détail les moments intenses qu'elle a ainsi connus. Elle prend plaisir à faire revivre chaque instant comme un alpiniste raconte une ascension, un scientifique une découverte, un réalisateur son dernier film. Lucie l'écoute pendant des heures. En contrepartie, elle lui fait part de ses avancées en peinture et partage avec elle ses projets et ses essais.

Seuls ces sujets les animent et une fois épuisés, leur conversation retombe dans de fades banalités et des considérations polies sur les divers membres de la famille.

Une vie sans passion n'est rien, conclut chaque fois Lucie, quand elle monte dans le train qui la ramène à Paris.

4

Sempre lieta ne' ritrovi
A diletti sempre nuovi
Dee volare il mio pensier...

Au quarante-troisième étage d'un building à New York, l'air de Violetta résonne dans un bureau vitré.

— Le vibrato est trop maniéré, assène Charles.

La condamnation de la soprano est sans appel et cette version de *La Traviata* rejoint ainsi la pile des refusés.

Charles émet des jugements sûrs et rapides. Il bannit sans hésiter ce qui ne remplit pas ses critères de perfection : de mauvais à excellent, de médiocre à passable, il range tout ce qu'il croise dans l'univers de façon méthodique.

En ce dimanche soir d'octobre, le building de la 7e Avenue est vide. Charles a passé l'après-midi à analyser les notes de ses collaborateurs sur les transactions en cours, les acquéreurs potentiels, les mémorandums, les banques pressenties pour les financements. Laborieux pour la plupart, estime-t-il, ces comptes rendus lui indiquent toutefois ce qu'il a besoin de savoir : la société White & Grants se porte bien, très bien.

La filiale française se développe comme prévu, avec une cinquième année qui confirme des résultats positifs. L'Angleterre est solide. Quant aux États-Unis et à l'Australie, pays où la société de conseil en fusion-acquisition a été créée, les chiffres sont éloquents : l'entreprise qu'il dirige est une réussite. Il faut dire qu'il y consacre toute son intelligence et son énergie, prospectant les secteurs sinistrés, approchant les entreprises en difficulté, étudiant les valorisations préliminaires, calculant les gains, mesurant les pertes, évaluant les possibilités de rachat.

En général, Charles travaille quinze heures par jour et dort cinq heures par nuit. Il partage son temps entre Paris et New York, voyageant chaque semaine entre les deux villes sans se fatiguer. Il ne ralentit jamais et attend le même investissement de la part de ses équipes. En quelques années de travail ininterrompu, il s'est entouré d'un *pool* de jeunes diplômés sortis de grandes écoles, banquiers, avocats d'affaires et experts-comptables dont il orchestre les résultats avec rigueur.

Ses journées sont une suite de réunions, de rendez-vous téléphoniques et de repas qui s'enchaînent comme les feux rouges le long de Broadway et viennent ponctuer la cadence soutenue de son quotidien. Le temps déroule les heures à toute vitesse, sans leur laisser la possibilité de se colorer. Elles filent à grande allure, efficaces.

Charles a la réputation d'être brillant mais aussi celle d'être dur. Sa rapidité d'analyse et son esprit synthétique le mènent aux conclusions avant tout le monde. Il les expose avec une évidence désarmante, sur un ton monocorde et le plus souvent à mi-voix, ce qui le fait passer pour un homme suffisant et méprisant. Tous ses collaborateurs, hormis son directeur adjoint, Jacques, et son assistante, Nancy, s'y trompent et le jugent impitoyable et arrogant. C'est en réalité l'expression de sa timidité et de sa gêne vis-à-vis de l'intelligence hors norme qu'il manifeste depuis sa naissance, qui le fait s'exprimer à voix basse et lentement. Sa personnalité pourrait être effacée par cette discrétion forcée mais, singulièrement, cette dernière ne fait qu'accroître son charisme.

Devant ses raisonnements pertinents et ses jugements sûrs, ses collaborateurs s'inclinent systématiquement. Ils craignent aussi de se confronter à ce directeur infaillible qui semble avoir toujours raison et ne doute ni de ses avis ni de ses choix. Ils vivent ainsi dans un mélange de fascination et de peur, d'envie et de colère muselée à force d'essuyer ce qu'ils prennent pour du mépris.

Mais Charles ne se soucie pas des autres ni de leur opinion. Il vit seul depuis toujours et la solitude lui est devenue naturelle. Il y est habitué et elle lui plaît. Elle est rassurante et lui épargne bien des difficultés. « Il est tellement plus facile d'être seul », pense-t-il. Pas besoin de se mettre à la place des autres, pas d'efforts à faire pour éviter de les blesser ou contenir son impatience devant leur lenteur. Seul, il ne risque pas non plus de ressentir la différence qui le sépare des autres depuis son enfance. À l'école primaire, il avait été placé une classe, puis deux classes au-dessus de son âge. Son entrée au collège avait été un choc. Plus jeune que les autres et déjà si brillant, il exaspérait les élèves qui le traitaient de nain, de fayot ou de singe savant. Charles ne garde pas le souvenir d'amis ni de moments de camaraderie. La bibliothèque et les livres devinrent naturellement ses refuges et ses sources de joie, la solitude sa meilleure compagne. Les choses n'ont pas changé depuis. Seul, il n'a de comptes à rendre à personne, il peut aller courir le long des *piers* quand il en a envie, choisir les restaurants qui lui plaisent, organiser ses horaires et ses déplacements selon ses besoins, assister aux concerts qu'il préfère.

Ces dix dernières années, il n'a eu qu'un objectif : poursuivre le développement de la société qu'il a créée avec son cousin et dont il a vite pris la direction. De Grants, en effet, il ne reste dans l'entreprise que le nom de ce lointain parent australien. Charles a toujours douté des véritables liens de parenté qui l'unissaient à Edward Grants. Il pense que ce dernier l'a vraisemblablement choisi car il était le meilleur diplômé de l'X, un choix judicieux pour investir et développer une société avec le bon poulain. Charles se moque de ce cousinage discutable. Tant que l'argent coule, Edward le laisse en paix et vit à l'année à Saint-Barth où il entretient son alcoolisme, entouré de femmes minces et bronzées.

Charles White vient d'avoir trente-cinq ans. La société qu'il dirige est en pleine expansion, et plus il réussit, plus le défi de gagner l'excite. Au fil des années, les succès sont évidents, et donc nécessaires, comme si les victoires remportées avaient créé chez lui une sorte de dépendance à la réussite. Le temps et l'habitude alimentant à feu continu le moteur de ses exploits, Charles poursuit ses missions avec un souci d'excellence et une exigence redoublée.

Pour autant, gagner davantage d'argent n'est pas ce qui l'anime. Il possède tout ce dont il a besoin et tout ce qu'il désire. Il sait aussi que, passé un cap, l'argent peut devenir toxique. Au-delà des problèmes de placements financiers et de déclarations fiscales, la richesse excessive conduit très souvent les hommes à perdre le contrôle, l'argent devenant l'unique but de leur vie. Aussi s'est-il promis de réussir en évitant cet écueil. Réussir et générer des bénéfices, créer des emplois, payer des salaires et surtout être le meilleur. Son prochain challenge concerne la notoriété de sa société. Son entrée en Bourse occupe ses pensées depuis des mois.

Après avoir rangé la version décidément mauvaise de *La Traviata*, Charles dépose dans le lecteur le disque d'un trio de Schubert qu'il apprécie particulièrement. Il s'agit d'une version restaurée de 1975, récemment découverte sur Internet.

Son amour de la musique classique aussi, il l'a acquis seul. Ses parents – un père anglais d'un flegme remarquable et une mère bourguignonne intéressée par la cuisine et les prévisions météorologiques – l'ont vu grandir et quitter le village natal sans comprendre comment leur fils, éduqué à l'école primaire du bourg voisin puis envoyé en pension dans la ville la plus proche, avait pu réussir dans le secteur de la finance internationale.

Très tôt, ils avaient été dépassés par cet enfant à l'intelligence singulière. Déconcertés par sa personnalité, sa maturité et sa perspicacité, ils se sont tenus à distance de leur fils. Ils n'ont jamais été très démonstratifs, en particulier avec lui, et Charles n'a pas connu les histoires lues le soir au pied du lit, les câlins réconfortants ou les baisers du coucher. Mais n'ayant jamais vécu autre chose, il n'en a pas souffert. Il a appris à filer droit, en recevant l'amour tacite qu'il savait mériter. Il a rempli son cœur et son esprit de lectures et de connaissances qui, certes, l'ont rendu heureux mais l'ont aussi isolé dans un monde intérieur.

Ses parents ne se sont jamais inquiétés de le voir grandir sans amis. Son père trouvait naturel et bénéfique que son fils lise, sa mère se félicitait de ses notes et de son parcours sans accroc. À leurs yeux, Charles grandissait et réussissait. C'était tout ce qui comptait.

Bien sûr, il y avait les réunions familiales avec les cousins et les grands-parents maternels, les anniversaires, les fêtes de fin d'année. Ces occasions amenaient un peu de joie à la maison, mais la morosité et le silence regagnaient vite le petit foyer.

Entré au lycée avec deux ans d'avance, Charles s'est distingué par des notes prodigieuses ; les félicitations du jury ont couronné son baccalauréat et, sélectionné parmi les meilleurs élèves de France, il s'est vu proposer une bourse pour intégrer une école préparatoire afin de rejoindre Polytechnique.

Après l'adieu aux parents et au village natal, Charles a commencé une autre vie dans la capitale. Il savait déjà que cette étape allait le séparer définitivement du milieu dans lequel il avait grandi mais il n'en a ressenti aucune peine.

À Paris, il est logé dans un foyer étudiant rue Saint-Antoine, près de la place de la Bastille. Il étudie des heures durant et fait preuve d'une capacité de travail hors norme. Sa rapidité et sa faculté de concentration le distinguent vite des autres élèves. Jalousie, ennui, gêne mutuelle… Charles fait seul les trajets entre le foyer et l'école, située à Palaiseau. La solitude le conduit à étudier plus dur encore : algèbre, analyse, géométrie, mécanique, physique, chimie, biologie, histoire, économie, informatique, gestion. Il absorbe les leçons, les devoirs, les problèmes et les examens.

Charles découvre sa grande passion peu de temps après son arrivée à Paris. Il se souviendra toujours du jour où il a découvert la musique. C'était en 1998. Il avait vingt ans. La rencontre eut lieu par hasard alors qu'il sortait d'un cinéma dans le quartier des Halles.

Il vient de voir *The Big Lebowski*, le dernier film des frère Coen dont tout le monde parle. Il est en train de marcher dans la rue en direction du métro, encore plongé dans l'atmosphère du film, déroulant le scénario, analysant les scènes qu'il a aimées. L'église Saint-Eustache se tient devant lui comme une grande bête. Elle résonne tout entière des orgues qui font gonfler et vibrer ses murs. Intrigué, Charles entre et s'installe dans une allée latérale, devant la chapelle Sainte-Cécile.

Une fois assis, la musique le saisit tout entier. Elle s'empare de lui et un frisson intense commence à parcourir son corps, comme le froid peut prendre un homme de la tête aux pieds. Telle une vague, il avance et reflue, faisant se dresser ses poils et se contracter ses chairs. Quand la tension devient trop grande, il crispe ses cuisses, ses avant-bras, sa nuque. Et le frisson ne s'arrête pas. Quand il semble se retirer, c'est pour mieux reprendre du terrain, gagnant en intensité à chaque minute écoulée.

Charles est statufié. Pour une fois, il ne comprend pas ce qui lui arrive. Un langage inconnu résonne en lui. Il entend des phrases sans mots, réelles pourtant, qui font naître en lui des images ; un ruisseau, une cascade, une plaine, des cavaliers avançant en ordre… Les scènes apparaissent, se déforment et s'enchaînent.

Les couleurs fraîches, puis chaudes et sombres, baignent les paysages de lumières changeantes. Et le frisson poursuit sa course.

Immobile, il reste face à la statue de la sainte jusqu'à ce que les dernières notes meurent et laissent place à une salve d'applaudissements. Il n'a aucune idée de l'heure qu'il est, encore moins du temps qu'a duré le concert. Il se relève difficilement, tel un sportif courbaturé, endolori par l'expérience qu'il vient de vivre. Il sort lentement de l'église et saisit un programme sous le porche. C'est son premier concert de musique classique. Nicolaus Bruhns, *Prélude et fugue en mi mineur* ; Louis-Nicolas Clérambault, *Suite du premier ton* ; Jean-Sébastien Bach, *Fantaisie en sol mineur* ; Wolfgang Amadeus Mozart, *Fantaisie en fa mineur*.

Ce jour-là, Charles est entré en musique, comme on entre en religion. La passion s'est emparée de lui. Le soir même, il fait des recherches rapides et mesure l'étendue de son ignorance. Il décide alors de tout connaître et de tout savoir. Un monde nouveau s'ouvre à lui. Chaque instant disponible sera désormais consacré à sa découverte.

Comme dans tout ce qu'il entreprend, Charles s'engage absolument. Il met toute son énergie, son intelligence et sa ténacité au service de sa nouvelle quête. Très vite, il devient familier des salles parisiennes. Le Théâtre des Champs-Élysées, l'Opéra-Bastille, la salle Pleyel, la Maison de la Radio, le Châtelet : il étudie les programmations de la saison et multiplie les abonnements au tarif étudiant. Il dépense ainsi son peu de temps libre et tout l'argent de poche qu'il gagne grâce aux cours de soutien en physique et en maths qu'il donne à Louis-le-Grand. Quatre ans plus tard, il peut organiser ses premiers séjours à Vienne, à Amsterdam, à Londres. Il voyage en train ou en car et dort dans des auberges de jeunesse, mais peu lui importe. Il est comblé de pouvoir écouter un chef d'orchestre de renom, un concertiste célèbre ou un ténor au talent prometteur.

De retour à Paris, il consacre ensuite des heures à comparer les versions, lire les critiques des magazines spécialisés, courir les bibliothèques et les librairies, écouter les émissions de radio. Chaque jour, il enrichit ses connaissances, sa collection de disques, sa bibliothèque.

Depuis, sa passion n'a pas faibli. Au contraire. Malgré son emploi du temps surchargé, Charles lui consacre tous ses instants libres. Elle occupe ses pensées, ses heures disponibles, et il lui accorde au moins une soirée par semaine. À chaque déplacement qu'il effectue en Europe, il s'organise ainsi pour aller écouter un concert ou un opéra, faisant parfois spécialement le détour. Le Royal Opera House à Londres, la Philarmonie de Berlin, la Scala à Milan, autant de lieux qui lui sont plaisants et familiers.

La musique remplace les amitiés qu'il n'a pas. Elle sert parfois de prétexte aux moments qu'il partage avec Mélanie, une jolie Parisienne avec qui il entretient une relation irrégulière. Il l'invite à l'Opéra-Bastille ou l'emmène à la Fenice de Venise. Ils passent vingt-quatre heures tous les deux de temps en temps, le maximum pour Charles. Ensemble, ils commentent le concert ou l'opéra avant de finir la soirée en silence.

Également passionnée de musique, Mélanie travaille pour un cabinet d'avocats d'affaires. Elle est fascinée par la culture, l'élégance et les moyens financiers de Charles, et se satisfait de ne le voir que par intermittence. Elle est jeune et apprécie cette relation qui, pour l'instant, la comble sans l'encombrer.

À New York comme à Paris, des chaînes stéréo dernier cri trônent désormais dans les bureaux de Charles et des milliers de disques et de livres recouvrent les murs. Depuis des années, la musique occupe ainsi son univers. Mais hélas, dans son étude méthodique – quasi clinique – des interprètes et des versions, des styles et des courants, le jeune homme a perdu au fil du temps le frisson initial. Pris dans le méandre des connaissances historiques, des analyses musicologiques, des descriptions techniques, il a tué la source de son élan premier : l'émotion. Il a si parfaitement circonscrit le périmètre et balisé les limites du connu qu'il n'y a plus de place pour la magie des notes. Il ne retrouve plus ses premiers frissons, ses sensations intimes.

Cette disparition s'est produite sans qu'il s'en rende compte. Elle a dû se faire par étapes, en silence. Depuis, Charles recherche l'émotion, il l'espère mais elle n'a plus lieu. Il donnerait cher pour revivre ces instants de grâce, suspendus.

À chaque concert, il guette le chef, l'interprète, l'instrument qui pourrait la lui rendre. En vain.

Ce soir, il apprécie tranquillement le talent de Schubert comme on goûterait un bon vin. Depuis son fauteuil, il contemple la *skyline* dérouler les buildings de New York.

Il pense à l'avenir de sa société. Il voit clairement la suite du parcours et imagine déjà l'entrée en Bourse de White & Grants d'ici deux ans. Cette perspective lui plaît, mais il sent qu'elle ne l'enthousiasme plus autant qu'avant. Il a en bouche le goût d'une insatisfaction non définie : quelque chose manque. Il a besoin d'un nouveau défi mais ne parvient pas à l'identifier. Il s'agace de chercher sans trouver et peste contre ce sentiment désagréable qu'il ne peut chasser. Pour l'écarter, il balaye l'agenda de la semaine à venir :

« 13 et 14 octobre. Fusion Schneider & Knebell – Strasbourg. »

Shit ! Contrariété. Il avait oublié que cette négociation arrivait si vite. En revanche, il se souvient bien de son précédent séjour dans cette ville pour une conférence à l'ENA. Choucroute grasse, *winstub* surchauffé, nappe à carreaux et serveuse blonde en surpoids. Un concentré de ce qu'il exècre.

Il se lève et arrête la musique d'un geste brusque.

5

Giuseppe est assis sur la banquette de velours pourpre qui meuble l'antichambre du palais Monfrino.

Les derniers jours ont été pires que ce qu'il imaginait. Effroyables. Maggini est arrivé dans son atelier lundi dans la matinée, en faisant sonner les marches de l'escalier sous ses bottes de cuir, comme au théâtre les coups de bâton annoncent le début de la pièce.

En proie à une agitation extrême, le maître tourne autour de l'établi, cogne les tabourets, se tord les mains, soupire, lève les bras au ciel, parle fort, s'emporte jusqu'à crier. Le souffle court, il annonce à Giuseppe la venue du prince Bardolino qu'il a apprise la veille au soir et sa convocation au palais, ce matin à la première heure. Il déroule ensuite les ordres du comte et ses propres engagements.

— Il est impératif de livrer le violon mercredi ! Je l'ai promis au comte. Il ne tolérera aucun retard, pas un jour ! Je sais l'enjeu que représente la réception organisée pour

Bardolino, elle doit être ir-ré-pro-chable, et le violon en fait partie. Dois-je te rappeler que j'ai promis une pièce sans équivalent, un instrument unique ?

— Je sais, mais il n'est pas prêt, réplique lentement Giuseppe.

Il a travaillé le plus rapidement possible sur ce modèle, cependant il lui manque encore plusieurs jours pour le déclarer fini. Il voudrait faire l'essayage de l'instrument dans de bonnes conditions. Il s'agit de régler le chevalet, vérifier le cordier, le sillet, graisser les chevilles, ajuster l'âme, puis essayer le violon. Il faut ensuite laisser un temps de repos afin de lui permettre de « se stabiliser », comme on dit dans le métier, c'est-à-dire de laisser les éléments s'ajuster les uns avec les autres et trouver chacun leur place définitive. Faut-il rappeler que le bois est un matériau vivant ? Tous les jours, l'instrument est ainsi à nouveau essayé, puis réglé en fonction. Les ajustements doivent se faire au fur et à mesure pour parvenir à un équilibre parfait.

Giuseppe tient particulièrement à prendre ce temps car c'est la première fois qu'il expérimente la nouvelle recette de vernis qu'il vient de mettre au point, un mélange réalisé avec une résine venue de Turquie et qui semble très prometteur.

— *Impossibile*, Peppo ! *Impossibile* ! Le violon doit être livré au comte. Je l'ai promis ! Il le faut. Le concert a lieu dans quatre jours. Quatre jours ! J'exige qu'il soit terminé mercredi matin ! Et nous allons lui montrer trois instruments.

Les deux violes qui sont en bas, à l'atelier, et ce violon-ci que tu auras fini.

Maggini tourne en rond dans le grenier, de nouveau en sueur. Il s'échauffe en imaginant à voix haute le rendez-vous à venir. Il expose la façon dont il présentera l'instrument, change de stratégie quelques instants après, fulmine enfin :

— Dieu ! Que tu es lent, Giuseppe ! Que tu es lent !

Après un long monologue, il quitte enfin l'atelier, libérant l'artisan du poids qui lui écrase la poitrine.

Stefano sort alors de la remise où il s'était réfugié et pose une main sur le bras de Giuseppe.

— Mercredi matin ! Comment vas-tu faire ?

Deux jours plus tard, Giuseppe est éreinté. Il a tenté l'impossible : achever l'essayage de l'instrument en deux jours. Il a peu dormi, à peine mangé. Il s'est réveillé toutes les quatre heures pour faire sonner le violon, le régler et l'ajuster, puis le laisser reposer encore avant de le reprendre quelques heures plus tard.

Il déteste travailler ainsi et voudrait une fois au moins avoir le temps de parfaire une pièce, de repousser les limites, de faire aboutir une technique.

C'est pour cela qu'en secret, dans le grenier au-dessus de sa chambre, il a commencé à travailler sur son instrument idéal : un violon pour lequel il prend le temps nécessaire et auquel il donne tout ce qu'il sait.

Mais pour l'heure, il n'en est rien. Il se trouve ce matin dans l'antichambre, assis sur la banquette, le violon promis au comte à ses côtés, debout dans sa boîte calée contre l'accoudoir. Maggini, à sa gauche, s'agite encore. Giuseppe répète en silence les arguments qu'il avancera bientôt au comte pour rapporter le violon à l'atelier et lui appliquer les derniers réglages dont il a besoin. Une journée peut suffire. Le temps s'étire. Il ignore depuis quand ils attendent.

Ils n'entendent pas le valet approcher et sursautent lorsque la porte s'ouvre brutalement. En un instant, ils sont debout et rassemblent leurs affaires, fébriles. Maggini s'avance vers la porte en enfilant sa veste, la sueur perle sur ses tempes. Son chapeau à la main, il claironne depuis l'antichambre :

— Monseigneur, quelle joie ! Comment allez-vous ? Vous avez toujours une mine superbe ! Un vrai jeune homme. Nous arrivons, nous arrivons. Un instant. Giuseppe ! Dépêche-toi. Allons ! Allons !

D'étranges bruits leur parviennent depuis le salon. Le maître passe la porte, les boîtes à la main. Giuseppe le suit et pénètre à son tour dans la pièce. Là, tous deux s'arrêtent devant une scène stupéfiante. Étendu sur la méridienne, la tête renversée en arrière, le comte fait des gargarismes. Sa gorge produit des sons disharmonieux, raclant ses muqueuses encrassées. Immobiles, Giuseppe et Maggini se tiennent à l'entrée. Le souverain crache enfin dans un pot sur le guéridon adjacent, mettant fin à leur gêne.

— Approchez ! Approchez et prenez place ! crie-t-il sans les regarder, en faisant de grands gestes de son bras gauche.

L'énorme corps du comte de Cagliostro déborde de part et d'autre du divan. Son ventre dépasse en taille toute chose que Giuseppe ait jamais vue. Debout, de profil, cette proéminence abdominale passe au-dessus de la ceinture pour retomber en un bourrelet épais et lourd. Lorsqu'il est étendu, ce même ventre, tel un océan de graisse, s'étale et se répand jusqu'à recouvrir le sofa qui disparaît sous lui. Ainsi allongé, le comte semble fondu au divan.

D'humeur joyeuse, il entame la description du concert qu'il a fait donner au palais la veille au soir.

— Un moment de musique exceptionnel, annonce-t-il. Imaginez-vous que j'ai découvert un talent ! Un jeune homme à la voix extraordinaire. Il a fait preuve d'une maîtrise fantastique. Son interprétation des motets de Monteverdi était unique, je dois dire, un virtuose, je dois dire. C'était grandiose, fabuleux même ! En revanche, le claveciniste que j'ai fait venir de Padoue a massacré les *Toccate e partite* de Frescobaldi. Je l'ai chassé. C'était inaudible. Absolument terrible, je dois dire…

Ses mots se perdent dans un bâillement sans fin. Giuseppe et Maggini l'écoutent, désorientés. Le comte n'a pas encore abordé le sujet du prochain concert ni celui du violon. Assis respectivement sur le bord du fauteuil et sur le tabouret, ils attendent, tendus. Un instant absent, le regard dans le vague, le comte semble revenir à lui. Il tourne alors vers eux son énorme visage et les regarde pour la première fois.

— Alors ? Alors ce fameux violon ? Montrez-le-moi ! Et Clara ? Où est Clara ? Faites appeler Clara ! s'exclame-t-il.

Le comte amorce une tentative pour se redresser et s'extraire du divan. Après trois essais, épuisé, il reprend pesamment sa place, renonçant à soulever les dizaines de kilos qui l'immobilisent sur le sofa.

Maggini s'approche et prend la parole, magistral :

— Monseigneur ! Vous allez voir les instruments que j'ai pour vous. Vous allez être enchanté, les trois sont extraordinaires ! Les deux violes mais surtout le violon : il est tout juste sorti de l'atelier et il est unique. Comme promis ! Mais il vous faut les trois, Monseigneur. Ils sont très différents et, pour votre fille qui poursuit son apprentissage musical, ils lui seront tous utiles.

Et Maggini vante chaque instrument, racontant une histoire pour chacun, détaillant leurs qualités et leur inventant des vertus particulières. Il brode sans s'arrêter, au risque d'agacer le comte.

Chaque vente plonge Giuseppe dans l'embarras et lui donne envie de quitter la pièce. Un ensemble de mensonges, de non-sens, d'arguments plus improbables les uns que les autres.

Par exemple, affirmer qu'un violon peut faciliter les appoggiatures ou les trilles ! C'est impossible et tout violoniste le sait. Un instrument peut devenir un ami, un complice. Il peut aider à dépasser des difficultés techniques, permettre de franchir un cap, mais en aucun cas se substituer au musicien.

Giuseppe déteste assister aux ventes. Il observe les ficelles se tirer, le filet se tendre, le piège se refermer sur la proie. Il voudrait avertir les acheteurs, leur rappeler de rester clairvoyants, d'interroger leurs envies véritables et leurs réels besoins, mais cela lui vaudrait sa place. Réduit au silence, il assiste, impuissant, au jeu du client et du marchand, dans lequel chacun connaît son rôle, un jeu qu'il méprise et auquel il participe cependant, même sans le vouloir.

Des pas approchent, la porte s'ouvre et laisse entrer une petite personne aux cheveux bruns.

— Ma fille ! Te voilà ! Allons, je veux écouter ce violon. Vite, dépêchons !

Le comte s'agite sur la méridienne, mouline encore l'air de sa main gauche.

Giuseppe observe Clara à la dérobée. Son nez pointe en avant et domine les traits de son visage épais. Long et fin à la base, il s'épanouit largement jusqu'à laisser éclore deux narines ovales de la taille d'une amande. Ses lèvres cachent mal une rangée de dents mangées par des gencives rouges et sa peau est martelée de cicatrices.

Giuseppe en convient : Clara n'est pas belle. Elle n'est pas non plus douée pour la musique. Elle se trompe dans les accords, dérape sur les croches, rate des passages entiers. Souvent, il l'observe quand elle se concentre avec énergie sur les partitions, fronçant les sourcils qui pointent vers son énorme nez. Elle continue sans faiblir et parvient à la fin des morceaux, victorieuse bien qu'ayant souvent réinventé ce qui a été composé. Mais si Clara n'excelle pas en technique, Giuseppe reconnaît qu'elle a toutefois un sens de la musicalité. Avec le temps, il a développé pour elle une affection complice. Comme lui, elle semble décalée dans le monde qui l'entoure, jamais vraiment à sa place. Comme lui, elle subit sans choisir. Comme lui, elle vit dans la terreur que fait régner l'homme capricieux qu'est son père. Clara et lui ont passé du temps ensemble pour accorder des violons ou reméchér des archets. Elle l'a toujours remercié avec douceur. Et lors des grandes séances qui se tiennent les mercredis matin au palais Monfrino, ils se sourient souvent en silence, alliés cachés.

Docile, elle s'empare du violon que Giuseppe lui tend. Elle le cale sous son menton, soulève l'archet et attaque la première note. Sans effet de style, le son s'élance. Rond, presque tendre, il vibre et se dilate. La note prend place, s'étend, s'élargit, emplit la pièce et comble l'espace. Douce, la musique enveloppe l'auditoire. La phrase s'achève. Les souffles sont suspendus.

— Remarquable ! coupe le comte. Très beau son. Fantastique, je dois dire…

Giuseppe s'avance immédiatement :

— Je vous remercie, Monseigneur. Si vous permettez, je dois apporter les derniers réglages à l'instrument. Cela prendra peu de temps, je vous assure.

— Faites ! Mais je vous rappelle qu'il doit être ici vendredi matin. C'est impératif. Il doit être fini pour le concert du soir.

D'un geste bref, le comte leur signifie alors que l'entrevue est terminée. Oubliées les violes qui attendaient leur tour, Maggini et Giuseppe remballent les instruments, empoignent les boîtes et prennent congé.

À peine sorti de la pièce, Maggini s'écrie :

— Mais, Peppo, tu as perdu la tête ? Qu'est-ce qui t'a pris ? Demander des jours supplémentaires ? Tu n'y penses pas ! Quelle bonté il a eue ! Heureusement que l'instrument lui plaît ! Tu n'aurais pas pu te taire, vraiment ! Tu es *impossibile, impossibile, impossibile*…

6

La buée couvre les vitres de la verdine. Lazlo descend de sa couchette et ouvre la porte. Rosée sur l'herbe, brume sur les champs au loin, odeur d'herbe mouillée ; il apprécie la lumière hésitante du petit matin et les premiers moments de la journée. Tout à l'heure, le camp s'animera, viendront alors les cris des enfants, les bruits de casserole, l'odeur du café.

Il savoure le calme de l'instant. C'est vers cette même heure que Mina et lui se séparaient à l'abord du campement. Elle rejoignait alors la roulotte familiale et lui celle de Nathanaël, après les nuits qu'ils passaient ensemble, loin de tous. Des nuits de mots tendres murmurés au creux du cou, des nuits emplies de baisers, doux ou mordants, toujours meilleurs.

Mina était la nièce de Chavo et la perle de sa famille. Son père toujours sur un « coup », sa mère malade, c'est Chavo, le chef du camp, qui l'avait élevée avec autorité. Mina ne devait pas faillir à son nom, ni à la place qu'il avait désignée pour elle. Elle devait être la meilleure, vendre mieux que personne pour rapporter sa part, garder la tête haute sans se plaindre et faire la fierté de la famille.

Mina n'a jamais failli. Elle partait tôt le matin aux marchés ou aux foires et rentrait le sac vide et les poches pleines. C'est ainsi qu'elle payait sa liberté et pouvait s'échapper du camp quand elle le souhaitait pour aller se baigner, faire nager son chien Ugo ou dormir sous sa propre tente.

Chez elle, tout brillait. Ses yeux noirs, passionnés, ses cheveux lustrés et longs qu'elle portait en tresse, ses bracelets nombreux, ses boucles d'oreilles dorées, ses foulards pailletés et sa robe rouge brodée. Elle aimait ce qui brille et ce qui vibre.

Lazlo et Mina avaient le même âge et se connaissaient depuis l'enfance. Petite, elle se moquait de lui, le trouvait lent et empoté. Comme les autres enfants, elle lui menait la vie dure et ne lui faisait pas de cadeau. Pourtant, un jour, elle lui a rapporté des marrons ramassés dans les bois. Pour une raison qu'il n'a pas comprise, elle lui a tendu sa récolte :

— Tiens !

Les marrons ronds et lisses dans ses mains bien serrées, il l'a fixée dans les yeux et lui a demandé :

— Tu veux être mon amie ?

— D'accord.

Depuis, les années se sont teintées de la douceur de ces affinités électives qui ne connaissent pas de rivales. Chavo et Nathanaël s'amusent de la complicité de leurs petits qu'ils surveillent d'un œil fier. Leurs neveu et nièce s'entendent comme larrons en foire, comme eux somme toute, et cela les réjouit.

Enfants, ils ont tout vécu ensemble : les jeux, les parties de cache-cache, les échanges de cadeaux, les cabanes au fond des bois où ils balayaient les épines de pin pour étendre de vieilles couvertures et se raconter des histoires. Puis l'adolescence est arrivée. La poitrine de Mina s'est formée, ses hanches se sont arrondies et lui ont dessiné une taille fine. De son côté, Lazlo a perdu sa voix fluette, ses épaules se sont épaissies.

Tout aussi rapidement est arrivé leur premier baiser. Un jour, Lazlo a posé ses lèvres sur les siennes et les a entrouvertes. Quand sa langue a touché la sienne, il a cru déguster une fraise. Mina avait la saveur d'un fruit sucré, son moelleux, son parfum. Elle s'est laissé faire avec la même simplicité qu'elle mettait dans ses gestes, puis lui a rendu son baiser, longuement.

D'autres baisers, puis des caresses ont suivi. Peu à peu, les étreintes sont devenues plus pressantes. Lazlo se tend parfois jusqu'à la douleur quand son sexe devient dur. Il attend, allongé, le regard tourné vers le ciel, en espérant que le prochain nuage l'aide à faire passer la tension. Mina ne dit rien mais elle sait. Elle aussi sent par instant une chaleur envahir son ventre.

Trois étés ont ainsi passé. Mina est devenue une jeune femme, Lazlo un jeune homme. Mais une ombre plane au-dessus d'eux : il a été décidé que Mina épouserait le fils de Zoran.

Ici, ce sont les anciens qui décident des mariages et il n'est pas question de déroger aux règles de la communauté.

Tous deux sont au courant du projet de mariage mais ils vivent sans le prendre au sérieux, comme si cela n'était pas possible. La force de leurs quinze ans leur permet de se croire invincibles.

Ils continuent à se voir en cachette et se retrouvent au fond du bois, dans la cabane qu'ils avaient construite enfants et qu'ils ont consolidée à l'aide de quelques planches. Puis ils jugent plus sûr de s'éloigner du camp et choisissent alors une île sur la Marne. Ils empruntent une vieille barge et rament jusque sous un saule. Là, suivant Ugo qui les précède, ils se faufilent entre les troncs moussus et les herbes hautes jusqu'à rejoindre un abri de pêcheur. Il fait souvent froid dans ce refuge ouvert à tous les vents mais ils se serrent pour se réchauffer et la grâce des retrouvailles opère. Jamais ils ne sont tombés malades après ces nuits volées. Blottis l'un contre l'autre, ils parlent des heures durant. De tout. Des voyages qu'ils espèrent réaliser, des endroits qu'ils veulent découvrir, de la Roumanie où Mina veut aller un jour, des Saintes-Maries-de-la-Mer et des musiciens que Lazlo y a rencontrés, mais surtout du rêve qu'ils ont de partir ensemble, ailleurs, loin. Lazlo a été impressionné par ce qu'il a appris sur les États-Unis d'Amérique. Il a entendu dire que là-bas la musique paye bien, que les musiciens jouent dans les bars et gagnent beaucoup d'argent. Il voudrait en savoir plus, mais il n'a encore trouvé personne pour le renseigner davantage sur cette terre inconnue. Comment vivent les Américains ? Combien coûte une traversée ? Combien de jours dure le voyage ? Faut-il parler anglais ? De quels papiers auraient-ils besoin ?

Il rêve et imagine à haute voix à côté de Mina. Il lui dit les soirées, les paillettes, le succès, l'argent, la maison qu'ils auraient, leur grand lit et toutes les robes qu'elle pourrait porter. Rouges, sa couleur préférée, mais vertes aussi, la couleur de l'espoir. Avant de partir, il l'emmènera voir la mer, qu'elle ne connaît pas. Ensemble, ils mettront leurs pieds dans l'océan.

Elle l'écoute et caresse ses cheveux, projetée dans les paysages imaginaires de ce futur libre où ils pourraient s'aimer sans crainte.

Après quoi, Lazlo saisit son violon et joue des airs pour elle. Mina adore quand il reprend *Chveis Nit*. Elle la demande chaque fois, comme les enfants réclament la même histoire le soir avant de s'endormir. La mélodie recommencée ne la lasse jamais. Les phrases qui se répondent ressemblent à un dialogue amoureux. Le chant s'élève d'abord comme un appel, une invitation, puis la réponse vient, descendant dans les graves et faisant sonner tout l'instrument dans une tonalité chaude. Enfin arrivent la réunion, puis la reprise, avant l'accord final parfait.

Lazlo met toute son âme dans la musique. Ses pensées s'effacent. Il est léger. Il devient la musique. Alors ces notes d'amour remplacent les mots qu'il ne parvient pas toujours à trouver pour dire ses sentiments.

Après ces nuits secrètes, ils rentrent à l'aube, frissonnants et pleins de rêves. Leurs caresses sont douces, leurs baisers intenses, leurs lèvres gonflées de s'être embrassés, leurs mots entiers, leurs vœux éternels. Ils se sentent remplis de promesses de bonheur et prennent des airs sérieux parce qu'à force d'être heureux ils ont peur d'être découverts.

Une fois, seulement, une dispute, un orage violent.

Lazlo a été « voir des filles ». Son oncle Nathanaël l'y a envoyé, comme tout père le ferait pour son fils, comme un devoir. Mina l'a su. Elle a entendu les filles pouffer et raconter que Lazlo et deux copains avaient passé la nuit à Nogent. Hors d'elle, enragée, elle s'est juré de ne plus le voir. Pendant un mois, elle n'est pas venue à leurs rendez-vous nocturnes et s'est arrangée pour éviter Lazlo. Douée dans l'art de l'esquive, elle ne lui a laissé aucune chance de lui parler. Lazlo mordait sa peine à pleines dents et, des heures durant, jouait comme un damné sur son violon, à rendre fous tous les manouches du camp.

Un jour, enfin, une soirée les a rapprochés. On fêtait le retour d'un cousin. Les verres étaient pleins, la joie débordait. Tout le monde s'était mis à chanter et à danser. Tous les gars qui touchaient à quelque chose s'étaient réunis pour jouer : clarinette, accordéon, guitare. Lazlo était au centre des musiciens. Qu'il le veuille ou non, il se retrouve toujours à choisir les airs et à mener le rythme. D'un accord tacite, les autres s'en remettent à lui et le suivent, comme un troupeau reconnaît son chef, sans discuter. Lazlo n'a pas besoin de parler. Il ne regarde personne. Les mélodies arrivent instinctivement et tout le monde le suit. Dans ces moments, il fait pleinement partie du camp et de la communauté, manouche comme eux.

Ce soir-là, Lazlo se surpasse. Il lance des chansons aux rythmes haletants qui, avec leur brin de folie, emportent tout le monde. Virtuose, il communique à l'assemblée sa fougue et sa passion. Les airs se suivent, les accords se plaquent, joyeux, rapides, enlevés. Les hommes chantent, les femmes dansent.

Chiribim Chiribom. Il choisit un air que Mina aime particulièrement et sur lequel elle danse comme une folle quand ils sont tous les deux sur l'île. Il l'a joué tant de fois pour elle. Ce soir, de nouveau, il veut la voir s'élancer, sauter sur les notes, lever très haut ses jambes, se cambrer, faire tourner sa robe. Il veut voir son corps bouger, ses yeux briller, ses joues s'échauffer. Il la surveille discrètement et la voit se lever. Elle s'approche du cercle et le regarde enfin avant de se lancer au centre. Sa beauté le bouleverse, il sait qu'elle danse pour lui.

Le passage de la valse arrive. Il pince les cordes en pizzicati pour qu'elle sautille sur la pointe des pieds, puis les notes repartent en trilles et en staccati, relançant la mélodie principale. La joie de Mina contamine Lazlo. Il est heureux, enfin.

À son tour, il esquisse quelques pas sans cesser de jouer. Il se sent tout à coup plein de malice, le cœur léger d'avoir senti le regard de Mina se poser sur lui. Il tourne sur lui-même et lance des notes suraiguës pour faire rire les petits qui le regardent, fascinés. Ses accords font des pirouettes. Instant de grâce. Harmonie parfaite. Chacun à sa place dans une joie partagée.

Ce soir-là, après les danses, Mina lui a refait leur signe – deux bras croisés et décroisés, les yeux dans les yeux –, leur code pour se donner rendez-vous.

La nuit a commencé ensuite par une salve de reproches, de larmes, de poings serrés et de coups retenus. Mais après des heures passées à pleurer, sont venus le pardon, les promesses, les baisers retrouvés, l'odeur de leurs peaux mêlées, la chaleur de leurs corps réunis. Et alors, l'ivresse. Cette même nuit, Lazlo lui jure qu'il n'y aura jamais qu'elle, qu'il l'épousera, qu'ils seront heureux ensemble.

C'était en septembre 1929. Il y a deux ans. L'été indien battait son plein et prolongeait les journées chaudes. Les nuits étaient douces, gorgées des odeurs de fruits mûrs, une pointe de mélancolie perçait dans l'air, celle des débuts de l'automne qui annonce la fin du grand soleil d'été.

Lazlo jouait du violon derrière la verdine de Nathanaël. Il s'acharnait sur un trait difficile qui ne voulait pas passer. Il recommençait, changeait de rythme, repérait l'endroit qui coinçait, repassait les notes qui se refusaient, cherchant par ces exercices à faire céder ses doigts.

— Lazlo. Arrête la musique. Viens là.

La voix de Nathanaël, métallique. Une succession de mots inintelligibles, désordonnés, incohérents. Mina. Route de Paris. Bois de Vincennes. Autocar. Accident. Hôpital. La fin.

Puis, très vite, l'organisation de la cérémonie, la procession, les lamentations. Visages noirs, silhouettes dévastées, effacées par la douleur. Tout le camp était là, d'autres étaient venus aussi, de loin parfois. Des cousins, des relations éloignées, tout un maillage tendu autour de la famille endeuillée.

Lazlo a refusé de jouer le jour de l'enterrement.

La peine et la souffrance ont tenu un siège à l'issue duquel la douleur est restée fichée en plein cœur, au creux de sa poitrine, pas à gauche, mais au centre, là où se joignent les côtes. Elle a frappé si fort qu'elle n'est jamais ressortie. Les larmes ne sont pas venues. Lazlo ne pleure jamais.

Ce matin, deux ans plus tard, le jour se lève sur la Marne. Lazlo marche sur la berge avec Ugo, le chien de Mina, la seule chose qui lui reste d'elle.

Il pense à elle tous les jours, à l'évidence qui les liait, à la certitude qu'ils étaient faits l'un pour l'autre. Ils écoutaient la musique avec la même émotion, regardaient le monde avec la même attention, partageaient la beauté des choses sans avoir besoin de parler.

Lazlo a le sentiment qu'une part de lui a disparu il y a deux ans. Depuis, il traîne sa tristesse sans la cacher. Elle l'habite. Elle est en lui.

7

Aujourd'hui, la vie paraît plus simple et plus légère. En tirant le rideau de fortune qu'elle a confectionné, Lucie découvre un grand ciel bleu sans un nuage et pour seules traces dans l'azur les longs traits blancs que dessinent les avions.

— Je vais me faire un bon café pour attaquer et je vais déchirer. Je vais trouver des solutions. Tout ce qui ne tue pas te rend plus fort. Allez, ma biche !

Lucie est d'humeur joyeuse, quasi excessive, à la limite de l'euphorie, comme l'aiguille de la balance lorsqu'elle remonte d'un coup sec après que l'épicier enlève les kilos de pommes que Lucie lui achète.

— Ahhhh merde ! Plus de café !

Elle est bonne pour aller boire un double espresso au comptoir. Ce sera mieux pour démarrer la journée.

Elle dévale les six étages moquettés de l'immeuble, ouvre la boîte aux lettres. Vide. Ouf.

Elle longe le trottoir gris et pousse la porte du café qui fait le coin de la rue. Valéry, fidèle au poste derrière le zinc, l'accueille, jovial.

— Salut Lucie ! Ça va ? Tu devrais arrêter de picoler, ma chérie ! J'ai ton téléphone ! Tu l'as oublié en partant samedi soir.

Il lui tend l'appareil. L'écran semble avoir pris un coup en haut à droite, mais peu importe, il est en état de marche. 1 % de batterie, six appels de Vincent, messages de maman, Cécile, Amélie…

Elle pourrait embrasser Valéry tant elle est soulagée ! Voilà un souci en moins ! Elle n'aura pas à emprunter pour acheter un téléphone et pourra donner un numéro pour chercher un boulot.

— Merci, dit-elle un peu gênée, honteuse de l'état dans lequel elle devait être samedi soir. Un double express, s'il te plaît.

Elle aime le bruit du percolateur, l'odeur forte du café, les hauts tabourets qui s'alignent devant le zinc, les journaux du jour déjà fripés et le calme qui règne en milieu de matinée, même si les bruits en cuisine annoncent que les gars se préparent pour le coup de feu du déjeuner.

— Tu cherches du boulot, du coup ?

— Ben oui, répond-elle dans un soupir.

— Et dans quoi ? Tu as regardé des annonces sur Internet ?

— Mais non, tu sais, je n'ai pas fini mes études, donc au final, je n'ai pas de diplôme. Alors, à part serveuse, je vois pas ce que je peux faire.

— Tu n'as peut-être pas de diplôme, mais tu as fait une école d'art, non ? Je ne comprends pas pourquoi tu n'essayes pas de vendre tes tableaux. Ce serait quand même assez logique ! Et ça pourrait peut-être marcher.

— Peut-être, mais pour ça il me faudrait du temps pour peindre et aussi plus de matériel.

— Mais tu en as, du temps. Tiens, regarde, là, maintenant !

— Oui, mais il me faut aussi de l'argent pour acheter des toiles, des couleurs, des pinceaux, et pour payer mon loyer surtout ! Donc il faut que je bosse et donc je n'ai pas la possibilité de m'y mettre.

Valéry lève les yeux au ciel. Lucie renchérit.

— Pour faire une expo comme celle que je veux, il faut réaliser des dizaines de toiles que je pourrais présenter à une galerie. Je sais comment ça marche. Je connais le truc par cœur. Il faut produire beaucoup, et pour ça il faut des jours de boulot.

La vieille porte vitrée grince et interrompt cette conversation qui la tend.

Elle se retourne. C'est Greg, son copain musicien qui habite rue Legendre et qu'elle a connu, lui aussi, au café. Il l'avait fait marrer, un jour, quand elle l'avait vu arriver en râlant avec sa trompette parce que ses voisins refusaient qu'il répète chez lui. Il a fini par trouver une boîte de nuit afro, avenue de Clichy, dont le patron lui laisse les clés pour y travailler dans la journée. Une aubaine. Il est trompettiste de jazz depuis des années mais il ne tourne sérieusement que depuis quelques mois, non sans fierté. Plusieurs dates par semaine, des formations différentes, des clubs plus ou moins connus, des tournées parfois. Il était temps ; avec leurs deux enfants, il fallait assurer le loyer et le quotidien. Pendant des années, il avait peiné à joindre les deux bouts et sa copine, Agnès, en avait marre d'assumer pour quatre. Heureusement, depuis que Greg bosse à fond, leur couple va mieux.

— Salut vous deux ! Un express, Val, s'il te plaît !

Il se perche au comptoir à côté de Lucie.

— Alors, les nouvelles ? Qu'est-ce que tu racontes, starlette ?

Laconique, elle fait l'état des lieux et tourne la situation en dérision, pas fière.

— Viens nous écouter demain soir ! On joue au Baiser salé, rue des Lombards, à 22 heures. Je laisserai une place au guichet pour toi. Ça te changera les idées.

D'un trait, il avale son café et lance en partant :

— Allez ! Haut les cœurs, miss !

Clin d'œil, 1 euro sur le comptoir, ses santiags qui claquent au sol et le voilà parti.

Entraînée par son énergie, Lucie se lève à son tour et décide d'attaquer sa recherche de travail par le côté ouest de la butte Montmartre où se trouvent des dizaines de bars et de restaurants dont certains recherchent peut-être une serveuse.

Métro La Fourche. Le carrefour est un nœud urbain encombré et bruyant. L'odeur des gaz d'échappement la prend à la gorge. Puis, dans la rue Hégésippe-Moreau, le calme à nouveau, l'agence photo Magnum, avant la rue Ganneron et les murs du cimetière de Montmartre.

Un aïeul de la famille serait, paraît-il, enterré dans l'une de ses allées. Au loin, au bout du faux plat, la rue Joseph-de-Maistre. Lucie aime emprunter ce chemin. Tout semble paisible dans cette enclave méconnue. Entre l'hôpital Bretonneau et le cimetière, une rue grise étire ses pavés. « Certains n'auront que peu de pas à faire », pense-t-elle. Elle a découvert ce vieux Paris populaire en venant s'installer dans le quartier et l'aime chaque jour davantage. Elle a adopté les rues mal nettoyées et les herbes sauvages qui poussent entre les pavés ou le long des façades, les immeubles décrépits aux volets écaillés comme les petites bicoques coincées entre les constructions des années 1990, les drogueries hors d'âge et les cafés aux rideaux à carreaux. Elle apprécie le charme nostalgique de ces vestiges d'un temps naufragé où la nouvelle bohème chic et négligée des graphistes et des réalisateurs côtoie les immigrés qui fument la *chicha* en buvant du thé à la menthe.

Flâner ici est un plaisir. Le contraste des constructions l'inspire. La tranquillité et le silence du quartier libèrent son imagination. Parfois, Lucie photographie un endroit et, une fois revenue chez elle, se met à le traduire en peinture en s'aidant des instantanés pris pendant sa promenade. Elle n'a jamais aimé se donner en spectacle. Sentir les regards posés sur elle alors qu'elle travaille la dérange. Elle se sent épiée et jugée. Pour peindre, il lui faut la sécurité et la quiétude d'un lieu protégé.

Arrivée rue des Abbesses, elle débute ses recherches. Ce n'est pas la meilleure heure pour démarcher mais elle saura vite s'il y a du boulot ou non. Un bloc-notes et un stylo à la main, elle entame sa tournée. Méthodique, elle entre dans chaque restaurant et chaque café de la rue. Sourire :

— Bonjour. Je cherche une place de serveuse et je suis disponible tout de suite !

Elle laisse son nom et numéro de téléphone sur une feuille. Rue des Martyrs, rue Yvonne-Le-Tac, rue des Trois-Frères. Il y a des troquets et des brasseries tous les mètres. Elle répète le même discours. Parfois, elle doit attendre que le patron remonte de la réserve ou finisse une conversation téléphonique. Elle se force alors à rester aimable. Deux heures plus tard, elle a dû faire une trentaine de lieux. Volée de marches, rue Drevet, des marches encore, la place du Tertre. Elle sait que ce n'est pas dans cet endroit ultra touristique qu'elle trouvera un poste libre. Affamée, elle décide de manger un morceau, s'achète une gaufre à 3 euros et marche jusqu'au parvis du Sacré-Cœur.

La vue est époustouflante. Affalée sur l'escalier, elle savoure sa gaufre tiède et craquante. Devant elle, Paris s'étale comme une carte postale sous le soleil. La ville étincelle. On dirait une maquette parfaitement réalisée. Vue d'en haut, elle semble presque irréelle ; un cliché pour les touristes, un dessin pour les enfants, une peinture à ses yeux. Lucie se plaît à identifier les monuments les uns après les autres, un jeu distrayant après ces heures passées à arpenter la butte sans succès. Elle s'amuse à retrouver le dôme du Panthéon, la flèche de l'église Saint-Séverin derrière Notre-Dame, ou les tuyaux du centre Georges-Pompidou. La dernière fois qu'elle a visité le musée, un peintre australien était exposé dans la galerie du rez-de-chaussée dédiée aux jeunes talents. Unité de forme et de couleur. Lucie avait été frappée par la simplicité de son travail, par l'évidence et la facilité qui s'en dégageaient. Elle s'était dit que ce n'était pas si compliqué de percer, au final, et que c'était même peut-être à sa portée. Elle aussi pourrait réaliser une exposition. C'était un rêve, certes, mais pas complètement impossible.

Secrètement, elle revenait souvent à ce projet : être exposée un jour, en galerie, dans un centre d'art, qui sait. Ce serait une chance inouïe. Mais pour cela, il faudrait qu'elle produise et qu'elle soit déjà connue. Et il lui faudrait de l'argent pour acheter le matériel nécessaire. Toujours le même cercle vicieux : un serpent qui se mord la queue.

Elle se lève péniblement, les jambes lourdes.

— Eh ben, c'est pas gagné ! dit-elle en nettoyant d'un geste sec le sucre glace dispersé sur son jean.

Après les minutes de répit que lui a octroyées cette vue parisienne, Lucie se retrouve légèrement abattue. Bredouille, elle descend la butte, essayant de trouver une raison de rester positive.

À 16 heures, son téléphone sonne. C'est Greg.

— Lucie, salut, c'est moi ! Écoute, je viens d'avoir Agnès au téléphone et ils cherchent quelqu'un pour le standard dans sa boîte ! La fille s'est barrée du jour au lendemain et ils sont dans la panade. Je te file le numéro. Tu as de quoi noter ?

— Génial ! Oui, évidemment ! Merci, merci, merci !

« Incroyable ! » s'exclame Lucie en raccrochant. Elle avait dû confier à Agnès, entre deux verres samedi soir, qu'elle cherchait du boulot. Et elle s'en est souvenue.

— C'est sympa ! Je n'ai encore jamais été standardiste… Pourquoi pas ?

Mardi, 9 h 45, au pied d'une tour vertigineuse. C'est la première fois que Lucie vient à la Défense. Elle s'est toujours contentée de regarder de loin les tours qui achèvent la majestueuse enfilade que forment le Carrousel du Louvre, les Tuileries, l'Obélisque de la Concorde, les Champs-Élysées et l'Arc de triomphe. Ici, un courant d'air géant souffle entre les bâtiments, le vent tournoie et forme par endroits de petites tornades. Le damier de béton gris étire sa perspective. Il y aurait des croquis intéressants à faire, note Lucie, tristes, mais intéressants.

Elle frissonne ; elle est en avance pour son rendez-vous. Hier après-midi, elle a acheté une jupe noire avenue de Clichy, dans une des boutiques de fringues fabriquées en Asie. 9,50 euros. Pour le reste, elle s'est débrouillée avec une vieille veste Balenciaga piquée à sa mère, élimée mais bien coupée, une chemise blanche, des collants noirs et un vernis orange qu'elle a posé sur ses ongles pour cacher les taches d'encre de Chine. Elle a froid et éprouve le sentiment désagréable d'être déguisée. « Une vendeuse des grands magasins dans les années 1990 », pense-t-elle. Seules ses bottes noires lui rappellent qui elle est. « Au moins, je ne suis pas complètement à côté de mes pompes », se dit-elle.

L'entretien est bref et efficace. La femme qui la reçoit a une tête de souris ou peut-être de fouine – elle ne saurait dire – et ses petits yeux bleus la scrutent avec intensité.

— Qu'avez-vous fait jusqu'à maintenant ? Vous savez prendre un appel ? Le transférer ? Si je suis indisponible, que dites-vous à votre interlocuteur ? Si la personne insiste pour me parler, comment réagissez-vous ? Comment communiquez-vous le message ? Pourquoi voulez-vous ce poste ? Vous pouvez commencer demain ?

Lucie a répondu aux questions. Elle s'était préparée rapidement la veille, avait répété des phrases toutes faites pour tenir un discours adéquat.

— Venez en escarpins, lui a intimé la responsable des ressources humaines. Avec des collants couleur chair. Parce que là, vos bottes et vos collants noirs, ce n'est pas possible ! Veste noire, cheveux tirés, maquillage léger. Nous sommes une entreprise discrète, dans la finance, mais pas tape-à-l'œil. Vous voyez ce que je veux dire.

Sachez vous fondre dans le paysage, conclut-elle à la fin de l'entretien.

On lui offre plus que le SMIC. Du lundi au vendredi, de 8 heures à 17 heures.

Lucie a dit oui sans hésiter.

« 8 heures le matin ! Merde, ça va me changer… » pense-t-elle en quittant la tour de verre.

Il est 10 h 45. Elle a l'impression d'avoir pris un coup sur la tête. Tout est allé très vite. Désormais, elle va donc se lever tous les matins pour aller travailler à la Défense en chaussures à talons, collants fins et chignon. Tout ce qu'elle s'était promis de ne jamais faire. Les portes du métro se referment sur les lettres de la station Argentine. Elle se rend à l'évidence : elle n'a pas le choix. Mais elle se promet que ce boulot est temporaire. Six mois maximum et en mars, elle sera partie ! C'est juré ! Juste le temps de remettre ses comptes à flot et surtout d'économiser suffisamment pour acheter son matériel : des toiles, des châssis, des huiles, des vernis, de quoi commencer à produire une série digne d'être présentée à des galeries.

— C'est temporaire. Tem-po-rai-re, se répète-t-elle pour se rassurer.

Elle sort brusquement de ses pensées et saute de la rame avant que les portes ne se ferment. Prenant sa respiration, elle part en courant dans les couloirs labyrinthiques jusqu'à sortir de la station Charles-de-Gaulle. Elle ne fera pas le changement aujourd'hui, elle rentre à pied, elle a besoin de prendre l'air.

8

« Embarquement immédiat porte 15. Ceci est le dernier appel. Tous les passagers à destination de New York-JFK sont priés de se rendre en porte 15 pour un embarquement immédiat. »

Charles sursaute. C'est son vol qui est annoncé. Il bondit du fauteuil, attrape sa valise et sort en vitesse du lounge Air France.

Quelques minutes plus tard, il s'assied, essoufflé, sur son siège en première classe. Derrière lui, les portes se ferment ; il a attrapé son vol de justesse. Absorbé dans ses pensées, il en avait oublié de regarder l'heure. Il prend l'avion toutes les semaines entre New York et Paris et il lui est déjà arrivé de le rater, mais cette fois-ci, c'est différent : Charles est vraiment ailleurs. Depuis deux jours, depuis ce séjour à Strasbourg qui le rebutait tant, quelque chose en lui a changé.

Dix minutes plus tard, les moteurs vrombissent, l'appareil s'élance. Charles regarde le tarmac défiler à toute vitesse derrière la vitre. Il demande toujours une place côté hublot pour savourer le moment où l'on quitte le sol, un au revoir doublé d'un commencement. L'avion décolle et Charles s'enfonce dans ses souvenirs.

*

C'était il y a deux jours. Il s'était rendu à Strasbourg en pestant, furieux de passer quarante-huit heures dans cette ville qu'il n'aime pas. Tout ici l'exaspère : la jovialité des serveuses, les joues rebondies des figurines alsaciennes, le silence lugubre de l'hôtel 5 étoiles surplombant la rivière, la chaleur excessive du restaurant gastronomique. Tout l'exaspère, y compris le petit homme obséquieux qui ressemble à un hamster et qui l'accueille pour discuter de la fusion en cours.

Le dîner s'annonçait terriblement barbant mais il a pris une tout autre tournure avec l'arrivée d'un convive imprévu, Paul Kieffer, un type replet à l'allure bonhomme, ancien universitaire en lettres anciennes, reconverti dans les affaires pour les besoins de la bourse. Il était accompagné de son épouse Elizabeth, une belle femme élégante et raffinée. Le dîner commence et, poussée par son mari, Elizabeth se met rapidement à parler de son métier : elle est journaliste critique musicale pour les *Dernières Nouvelles d'Alsace*. Passionnée, elle est intarissable. Charles l'écoute parler et se garde bien de lui faire part de son intérêt pour la musique. Il connaît ce genre de situation. S'il ouvre cette porte, elle va l'assaillir d'un flux continu d'anecdotes, de références et de demandes en tout genre. Il lui pose donc quelques questions pour donner le change et entretenir la conversation mais esquive le sujet au plus vite.

— Des desserts ? demande le serveur.

— Non merci. Un déca, s'il vous plaît.

Charles demande l'addition et la règle sans laisser le choix aux convives. Il est temps de quitter ce restaurant dans lequel il étouffe, sans doute à cause du vieux *kachelhofen*, un poêle ancien qui fait la fierté du propriétaire.

Au moment de les quitter, Elizabeth se tourne vers lui :

— Vous êtes seul, venez donc au concert avec nous, demain soir ! Il a lieu dans un cadre très particulier, à la cathédrale. Vous ne pouvez pas rater ça !

Charles, pris de court par l'assurance avec laquelle est formulée cette invitation, accepte en bredouillant. Un instant après, il regrette mais il est déjà trop tard pour refuser. « Je me suis fait avoir comme un bleu, se dit-il en montant dans le taxi, comme un bleu. »

La première partie du concert est assurée par un quatuor, pas complètement laborieux, mais assez pénible à écouter, juge Charles, notamment *La Jeune Fille et la Mort* de Schubert qu'il trouve affreusement malmenée.

Entracte. Bretzels, crémant d'Alsace, pains-surprise, visages réjouis, silhouettes épaisses et mal habillées, Charles a l'impression de retrouver sa Bourgogne natale.

Il est sur le point de s'éclipser quand il est rattrapé par Elizabeth et Paul. À nouveau pris au piège, il ne peut s'échapper. La journée de négociations a été terrible. Demain sonnera la fin des échanges qui donneront l'avantage à son client new-yorkais, et il prendra son avion pour rentrer, mais ce deal aura été difficile à conclure. Une grosse société franco-allemande tombe aux mains des Américains et les Européens tentent de conserver un accès au comité de direction, en vain. Les discussions sont tendues et les avocats se renvoient des clauses, revues et corrigées pour la cinquième fois au moins. Charles sait que la partie est gagnée, mais il lui faut néanmoins aller au bout. Demain matin, il aura besoin de calme et de concentration.

C'est donc avec contrariété qu'il se rassoit sur le banc de bois de la cathédrale pour la seconde partie du concert. L'esprit un peu embrumé par le crémant d'Alsace, gagné par l'humidité du lieu, fatigué par sa journée et agacé par l'ambiance provinciale, il décide de prendre son mal en patience.

La violoniste arrive dans le chœur, tandis que derrière elle se tient une formation réduite de l'orchestre. Elle s'apprête à jouer le *Concerto en mi mineur* de Mendelssohn. Son regard se tourne vers la voûte de la nef en même temps que son bras se lève, comme suspendu par un fil, pour lancer la première note. Dès ce premier coup d'archet, la musique commence. L'instant suivant, Charles se sent légèrement frémir.

Que se passe-t-il ? D'où vient cette sensation ? De l'alcool, du froid, de la fatigue ? Il essaye de comprendre mais, pris par surprise, il se laisse à nouveau emporter.

La mélodie poursuit sa course. Elle semble venue du ciel, de la voûte que la violoniste regarde sans ciller, tout entière tendue vers le haut.

Charles tente de se ressaisir, mais, clac, un vibrato lance une estocade supplémentaire. Le frémissement revient, plus grand encore.

Serait-ce possible ? Il reconnaît cette sensation pour l'avoir vécue des années auparavant, quand l'émotion l'avait submergé lors du concert d'orgue de Saint-Eustache, le jour où la musique était entrée dans sa vie. Serait-ce possible ? Serait-ce donc là le fameux frisson qu'il a si rarement connu et qu'il cherche à revivre depuis tant d'années ?

La violoniste ouvre maintenant le second mouvement. Le frisson le saisit cette fois de la nuque jusque dans l'arrière des jambes. Son corps tout entier est tendu.

La musique le traverse, s'étend dans la cathédrale, monte, s'envole dans le ciel des chapelles attenantes, se love dans les clés d'ogives avant de s'échapper à travers les vitraux. L'assemblée entière est conquise, silencieuse. La musique règne.

Le souffle de Charles suit les notes, s'accélère et ralentit avec elles, s'accorde à la respiration du violon ; il soupire en écho au *rallentando*, accélère dans une coda, s'apaise dans l'adagio.

Alors, le décor s'efface et Charles ne voit plus que la violoniste. Ses yeux sont rivés aux mouvements de son archet, à ses doigts qui courent sur le manche, aux expressions qui passent sur son visage. Le son qui remplit la cathédrale lui paraît magique et Charles, hypnotisé par le spectacle qui se déroule sous ses yeux, en oublie jusqu'au lieu où il se trouve. Brutalement, les applaudissements tonnent et le sortent de sa contemplation. C'est la fin.

Charles se lève mécaniquement. Sans réfléchir, il remercie ses hôtes et prend congé sans même les regarder. Une seule chose lui importe : rentrer et se retrouver seul.

À peine monté dans le taxi, il rallume son téléphone pour savoir qui est cette musicienne inconnue. D'où vient-elle ? Comment est-il possible qu'il n'ait pas entendu parler d'elle auparavant ? Fébrilement, il cherche sur Internet des informations à son sujet.

Elle s'appelle Aure Van der Eyssel. Elle a vingt-sept ans.

Origines hollandaises. Enfance à Strasbourg. Études à Salzbourg avec un professeur inconnu. Des prix à Berlin puis à Londres. Rien à Paris ni à Vienne, ni même en dehors de l'Europe comme certains jeunes talents qui tentent leur chance à l'international. Un parcours atypique.

Charles est encore plus intrigué en découvrant que ni sa mère ni son père ne sont musiciens. Comment est-elle arrivée là ? Il s'interroge car il sait combien ces chemins professionnels sont exigeants. Mais le talent de la jeune femme ne ment pas, elle est douée.

Sorti de l'état de grâce dans lequel le concert l'a transporté, Charles a lu tout ce qu'il a pu trouver sur Aure. Peu de choses, à vrai dire. Il a cherché sur Internet d'autres articles, mais il n'y a presque rien ou des informations très attendues. Enfin, il a fini par découvrir un article intéressant publié sur un blog musical. Aure y donne une interview et parle de son violon. Un instrument ancien de facture rare qu'elle a découvert chez un luthier de la vieille ville de Strasbourg. Elle devait à l'époque essayer différents modèles pendant plusieurs semaines, comme il est d'usage pour les musiciens d'un certain niveau. Personne ne semblait vouloir de ce violon. « Le son manquait d'ampleur, était jugé trop fermé et n'avait pas cette couleur chaude qui est recherchée aujourd'hui », explique-t-elle, mais elle ajoute que dès les premières notes elle a senti un point d'accroche et a su qu'il serait « son » violon. « C'est grâce à lui, poursuit-elle, que j'ai le plus progressé ; plus qu'avec aucun professeur en termes de musicalité. Il a été un déclencheur, un révélateur dans mon évolution musicale, conclut-elle. Précisément parce qu'il m'a poussée à explorer des sonorités nouvelles. »

Charles est intrigué. Une pièce de maître, vient-il de lire. Il ne s'est jamais beaucoup intéressé aux violons et ne s'y connaît pas vraiment. Il a en revanche commencé, il y a quelques années, une collection de mandolines anciennes, après un voyage au Japon au cours duquel il a découvert cet instrument lors d'un concert à Kyoto. Il l'avait trouvé magnifique. Rebondi et bombé, le dos de l'instrument est formé de plusieurs fines lamelles de bois de différentes couleurs, offrant un large terrain de jeu pour les luthiers. Certaines mandolines, plus rondes, présentent sur leur dos de magnifiques marqueteries figuratives narrant des scènes exotiques : des Égyptiens au bord du Nil, un Pierrot chantant sous la lune… La table d'harmonie en forme de poire est parfois elle aussi décorée d'écailles de tortue et sa rosace peut être sculptée finement à la façon d'un vitrail d'église. Certains artisans vont jusqu'à décorer les éclisses. Tombé sous le charme de cet instrument ancien dont les nombreuses variations offrent des trésors de créativité et d'imagination, Charles s'est tout de suite mis à les collectionner. Jusqu'à maintenant, il a réuni un petit ensemble de pièces rares accrochées sur toute la hauteur du mur principal de son loft new-yorkais.

*

Dans l'avion qui le ramène à New York, Charles est encore excité en pensant à ce qui vient de lui arriver. Avoir retrouvé ce frisson initial était inespéré. C'est certain, il retournera écouter cette violoniste. Il lui faut vite revoir cette musicienne grâce à laquelle il a pu vivre une émotion si forte et singulière, et qui lui fait tant défaut dans sa vie quotidienne. Elle est la clé lui permettant d'y accéder.

Plus les heures passent, plus le désir de la réécouter grandit. L'écran devant lui indique qu'il reste encore quatre heures de vol. Ne parvenant ni à dormir ni à travailler, Charles reprend le programme du concert, sur lequel est imprimée une photo en noir et blanc, de mauvaise qualité, de la violoniste. Cette image ne lui rend pas hommage, pense-t-il. Aure est bien plus belle dans ses souvenirs. Là, elle semble chétive, presque malade. Ses cheveux sont tirés en arrière en un chignon strict et son violon à la main semble trop lourd pour elle. Charles observe plus attentivement l'instrument. Il s'agirait donc d'un violon signé. Mais en quoi serait-il si particulier ? Il faut qu'il se renseigne sur cette facture italienne. Le luthier qui lui a vendu la majorité de ses mandolines pourra sans doute l'aider, il l'appellera dès son arrivée à New York.

« Voilà un sujet qui me plaît », conclut Charles, avant de se plonger dans le pamphlet de Nietzsche qu'il lit en ce moment : *Le Cas Wagner*.

9

— Peppo ! Descends ! Descends ! C'est moi ! Stefano ! Descends, je te dis. Descends, Peppo !

Les cris de Stefano en bas de la maison sortent Giuseppe d'un sommeil lourd. Les rues sont étroites dans cette partie de Brescia et les appels du garçon résonnent à tous les étages. Les voisins, agacés, crient au garçon de baisser le ton.

— Tu as vu comme il est tôt ?! Fais moins de bruit, petit ! Ça va, il n'est pas sourd, Peppo ! Il va t'entendre !

Giuseppe ouvre un volet et se penche vers la rue. Dans la lumière du matin, il distingue Stefano qui sautille dans tous les sens et tambourine à la porte en criant :

— Peppo ! Vite ! Descends ! Il s'est passé une chose terrible à l'atelier. Le maître m'envoie te chercher. Vite ! Il t'attend.

Giuseppe enfile en vitesse un pantalon, boutonne une veste sur sa chemise de nuit, attrape son chapeau. Que s'est-il passé ? Il a travaillé tard hier soir, seul, éclairé par la lampe à huile ;

ses yeux brûlent encore mais il a fini ce qu'il voulait faire. Il a poli ce violon tel l'orfèvre un bijou et a pu procéder à l'ultime réglage de l'instrument. Il est épuisé mais il l'a fait. Il a également eu le temps d'y graver la signature de l'atelier et d'y ajouter cette petite étoile dont il marque certains de ses violons depuis quelques années quand il estime que l'instrument le mérite.

Le voilà dans la rue. Sitôt passé la porte, Stefano se jette sur lui.

— Ils ont tout pris. Tout pris !

— Comment ça, tout pris ? Qui ça, ils ?

— Des voleurs ! Ils ont tout pris ! Ils ont vidé l'atelier, volé les instruments et les archets !

— Volé les instruments ?

Giuseppe répète les mots de Stefano, le temps qu'ils cheminent et prennent sens dans son esprit embrumé. L'information arrive et le frappe ensuite au ventre comme un uppercut.

Volé les instruments. Volé le violon. Giuseppe s'arrête. Tend son bras contre le mur de la façade voisine. Une sueur glaciale le parcourt. Son cœur bat à tout rompre et semble en même temps vouloir ralentir.

« Volé le violon. » Il répète encore ces mots tandis que sa gorge se serre. Il s'élance alors dans la rue à grandes enjambées. Il court. Le trajet lui semble interminable. Il avance aussi vite qu'il peut, bousculant les rares passants, contournant les charrettes qui apportent leurs cargaisons pour le marché. Dans la Grande Rue, il se faufile entre les marchands qui installent leurs produits sur les étals, évite les carrioles, il fonce. Il ne croit pas. Il veut voir.

Lorsqu'il arrive enfin, il découvre l'atelier sens dessus dessous. Les tabourets gisent sur le sol, les outils épars constellent le plancher, des morceaux de bois sont fendus, des pots de peinture, de brou et de vernis sont renversés et ont formé des petites flaques au pied des établis, comme des taches de sang dans le champ de bataille qu'est devenu l'atelier, habituellement si ordonné. Une forte odeur lui monte à la gorge, mélange de résine, de colle et de vernis.

Giuseppe s'écrie :

— *Madre di Dio ! Madre di Dio !*

Il s'avance dans le chaos indescriptible de l'atelier. Des débris craquent sous ses pas, ses chaussures collent au parquet. Hébété, Giuseppe bute contre les tabourets, trébuche contre un rabot, se cogne contre un manche. Son regard se pose sur l'escalier qui mène à son grenier, et l'espoir qui lui a donné la force de courir aussi vite jusqu'ici le traverse à nouveau : que le violon ait été épargné !

Vite, il escalade les marches. Il n'a pas à pousser la porte, elle est ouverte, et il découvre un autre carnage. Moins vaste, l'antre de Giuseppe n'a pas échappé au saccage. De la même façon, les outils, les vernis, les brous sont au sol, et les tables sur lesquelles étaient entreposés les instruments également vides.

Giuseppe suffoque. Jamais il n'a ressenti cela. Le souffle coupé, les jambes sciées, il s'affaisse sur un tabouret. Stefano l'a suivi et continue à parler. Il répète ce que Giuseppe n'a pas entendu :

— Ils disent que les voleurs sont entrés dans la nuit ! Peut-être guettaient-ils ton départ ? Le maître est hors de lui ! Il est parti en catastrophe chez le comte. Il pense que tu n'as pas fermé l'atelier en partant hier soir, il dit que c'est la seule explication possible, il dit que la porte n'a pas été fracturée et que la serrure n'a pas été forcée.

Giuseppe lève les yeux et contemple son univers saccagé. Choqué, il se relève et commence à ranger, d'abord avec calme et méthode, puis de plus en plus rapidement. Il redresse les tabourets, les chaises, l'escabeau, ramasse les pots et les pose sur les tables, réorganise les pinceaux, rassemble les outils, rétablit leur disposition habituelle, par fonction et par taille, avant de nettoyer les coulures au sol.

Il ne prononce aucun mot. Ses gestes sont efficaces. Ils lui permettent de réfléchir et de prendre conscience de ce qui vient de se passer.

Le violon sur lequel il a travaillé si longtemps a disparu. Les archets, les violes, les guitares sur lesquels œuvraient ses compagnons au rez-de-chaussée sont également manquants. L'atelier a été pillé de fond en comble. Seuls restent les outils, le bois, le matériel.

Être ainsi privé de son travail, il ne l'avait jamais imaginé. C'est plus qu'un vol, c'est une dépossession. Il sent un vide se creuser au niveau de sa poitrine, mais il continue à ranger, espérant encore découvrir le violon caché sous un drap ou dans un coin, derrière un battant de placard ou sous une table.

Après le grenier, il s'attaque au rez-de-chaussée. Les artisans sont arrivés et, tout aussi perdus et désorientés, l'aident à nettoyer, entraînés par ses gestes et son énergie. Ils étaient restés prostrés jusqu'ici et semblent soulagés de trouver quelque chose à faire, comme si une forme de normalité regagnait l'atelier. Pietro balaie en marmonnant, Fabio trie les manches et les volutes, Francesco replace une table renversée au sol.

Muet, Giuseppe cherche à remettre de l'ordre dans ce chaos. Rien de ce qui subsiste n'est réellement abîmé et, quelques heures plus tard, l'atelier a presque repris son apparence habituelle. Alors seulement Giuseppe remonte à l'étage et s'assied. Ce rangement lui a permis d'y voir un peu plus clair et d'estimer les conséquences du pillage. Les deux coudes sur l'établi, il enfonce son visage dans ses mains et lâche un soupir profond. Il voit défiler les heures de travail, les coupures, les échardes, les rabots, les pinceaux, les colles. Les gestes se succèdent dans une suite d'images en désordre. Il sent les copeaux frais, la poussière qui chatouille le nez et poudre les cheveux. Puis il voit la figure de Maggini, rouge, écumante, et il perçoit déjà sa colère.

Giuseppe imagine le drame que le vol a dû provoquer au palais Monfrino. Il entend le maître se confondre en excuses, il voit le comte éructer à son tour et insulter le luthier, l'accusant de la faillite économique de la région entière si les accords qu'il doit conclure le soir même avec le prince échouent. Sans le violon promis pour le concert privé, sa fille ne parviendra peut-être pas à séduire le futur souverain. Il entend les hurlements, les portes qui claquent, et devine la fureur et la folie qui doivent régner là-bas et qui vont bientôt s'abattre sur lui.

Il voudrait soudain disparaître. Partir loin, quitter la ville, ces gens, ce métier. La tête calée dans ses paumes, il se remémore les gestes qu'il a faits la veille au soir. Il est certain d'avoir tiré le loquet. Il se souvient d'avoir entendu la clenche de la serrure, il se revoit le faire, mais à l'instant où le souvenir apparaît dans son esprit, il se brouille aussitôt. Était-ce hier ? Un autre soir ? Il l'a fait tant de fois. Il ne sait pas. Il était exténué et tanguait de fatigue en descendant les marches de l'atelier. Il avait donné toute son énergie à ce violon.

Concentré à fouiller dans sa mémoire, il n'entend pas arriver les gardes du palais. Stefano le sort de ses pensées en lui touchant le bras.

— Peppo, des gardes voudraient te parler.

Lorsqu'il relève la tête, il aperçoit les deux hommes, qu'il connaît pour les voir chaque jour parcourir les rues de la ville.

— Bonjour, Giuseppe. Nous avons des questions à te poser.

— Mais le maître n'est pas revenu, je ne peux pas répondre sans lui.

— Peu importe, ordre du palais. Nous devons enquêter et rapporter au plus vite des réponses sur le vol de cette nuit.

L'entretien est court, Giuseppe a peu à dire. Il raconte la soirée de la veille et son départ de l'atelier. Une succession de faits simples et de gestes quotidiens. Il n'a pas entendu de bruits suspects, ni vu de personnes inconnues, ni remarqué quoi que ce soit d'inhabituel. Il avoue avoir été fatigué. Il ne sait pas à quelle heure il est rentré chez lui. Peut-être sa logeuse pourra-t-elle le dire. Elle a un sommeil léger.

De nouveaux bruits en provenance du bas de l'atelier interrompent son exposé. Des bottes tapent, une voix :

— Holà ! Il y a quelqu'un ?

— Oui, ici, montez, nous sommes en haut.

Accompagnés de deux autres gardes, le bourgmestre, essoufflé, surgit en haut de l'escalier de bois.

— Il y a du nouveau ? Que dis-tu, Giuseppe ?

L'artisan répète ce qu'il vient de dire.

— Nous te gardons sous surveillance. Nous allons interroger les voisins et les témoins. Tu dois rester disponible et en ville jusqu'à ce que cette affaire soit réglée.

Giuseppe comprend que ce qui s'est produit hier est irréversible. Ces événements vont changer sa vie. Sur ses épaules pèseront l'ombre du doute, la honte d'avoir failli et le poids de la défiance. S'il veut quitter la ville, il sera soupçonné de traîtrise ou de complot, voire accusé de vol. Il va devoir continuer à travailler pour le maître qui ne lui pardonnera pas cette erreur.

Stefano s'approche de lui.

— Peppo, ne t'inquiète pas. Ils ne te soupçonnent pas. Je les ai entendus dire que ça ne pouvait pas être toi car tu n'as pas d'endroit où cacher les instruments. Et tu as si peu d'amis qu'ils ne te trouvent pas de complices possibles. Ils disent qu'ils vont retrouver les voleurs. Ils font partir un courrier à Vérone et à Trévise. Ne t'inquiète pas, Peppo, ça va s'arranger.

Soudain, l'artisan entend la porte du bas claquer, des cris et des sons incompréhensibles résonner dans l'atelier. Maggini est arrivé et se dirige vers l'escalier qui mène au grenier.

L'angoisse saisit Giuseppe à la gorge et l'empêche de répondre au garçon. Il s'attend à vivre une scène terrible.

10

Il ne tient debout qu'en s'appuyant aux murs et à tout ce que sa main peut trouver. Son étui à violon cogne et tangue contre ce qu'il rencontre, chaises, tables, coins, portes. Lazlo est ivre mort.

La fête est finie. Les convives ont déserté la salle. Les nappes pendent, sales et tachées, les serviettes sont abandonnées sur les chaises ou jetées au sol, des verres à moitié vides trônent parmi les bouteilles renversées.

C'était un vrai mariage gitan, comme celui dont Lazlo avait rêvé pour Mina et lui. Une fête folle, à danser jusqu'au matin, à jouer jusqu'à en avoir mal aux doigts, à chanter jusqu'à l'épuisement.

La mariée était splendide. Quand il l'a aperçue, un étrange malaise est monté en lui. Il n'a su dire pourquoi avant de reconnaître l'origine de la douleur : la jeune femme avait des airs de Mina.

Ce n'était pas le premier mariage dans lequel il jouait. Au contraire, c'est même une habitude, une ou deux fois par mois. Mais c'est la première fois que le souvenir de Mina s'est rappelé si fort à lui et que sa blessure s'est rouverte à ce point.

Ça a commencé quand les autres ont attaqué les premières notes d'*Avreml*. D'abord lente et calme, comme une marche solennelle, la mélodie s'envole ensuite dans une succession de trilles et d'appoggiatures, courant dans les aigus et dévalant dans les graves. À plusieurs reprises, la marche revient dans la chanson ; Mina adorait ce contraste. Elle aimait danser sur ces allers et retours. Quand le rythme ralentissait, elle allongeait ses pas, fronçant les sourcils, concentrée, avant de s'élancer à nouveau sur les accords enlevés en tournant sur elle-même. Derrière les notes, ce soir, Lazlo a vu son visage. Il a cru la sentir près de lui, jusqu'à ce que son absence revienne le brûler.

La vodka l'a aidé, bue à grandes gorgées, à se jeter dans le trou de l'oubli et à combler ainsi le vide. Il a ensuite joué jusqu'à en perdre le sens du tempo. Ses doigts suivaient mal, dérapaient parfois un peu, glissaient souvent trop vite.

Mais il a continué. *Kale Kale*. Il jouait cet air cadencé avec colère, attaquant violemment les cordes. Il y avait de la fureur dans son coup d'archet. Loin de sa légèreté habituelle, il martelait les notes comme il aurait boxé un sac de sable. Les yeux fermés, chancelant, il cognait la musique, frappait la mélodie de toutes ses forces.

Plus tard dans la soirée, le mari lui a demandé d'arrêter pour laisser la place aux autres. Il a donc rangé son violon et continué de boire. Gouffre sans fin que celui de la boisson blanche. Transparente, fraîche, forte, puissante, elle l'appelait, à chaque gorgée plus fort encore. Lazlo s'est rendu, soumis, tout à elle et à son désespoir, ne cherchant plus à s'arrêter. Boire encore pour ne pas sentir.

On l'a prié de partir au matin après que le dernier des convives est parti, après que la note du dernier disque s'est tue.

Le réveil a été terrible, sur un banc près d'une fontaine, ses tempes cognant régulièrement comme si des clous s'enfonçaient dans son crâne. Il a dormi couché en chien de fusil sur le bois, serrant son étui à violon contre lui, tel un enfant avec sa peluche. Sans ouvrir les yeux, il écoute ce qui se passe. Il entend le bruit paisible de l'eau et n'ose pas bouger de peur de réveiller la bête qui tape dans sa tête. Il tente de retrouver les morceaux épars de sa conscience, de se réunir et de se remémorer la soirée de la veille.

Une douleur fugace perce alors son ventre. Il se souvient. Le mariage puis, très vite, le lieu, les invités, les chansons, les musiciens, la mariée, et Mina. Sa souffrance. Son ivresse.

Une gueule de bois magistrale le cloue au banc et l'empêche de se lever. Il sent poindre le désespoir, la revanche de la dame blanche qui l'étrangle et lui inflige tristesse et déséspérance.

Lazlo connaît les lendemains de vodka. Il ne saurait pas dire depuis quand l'alcool russe est entré dans sa vie, peut-être depuis qu'il travaille tant. Cela fait des mois qu'il vit en jouant, passant de mariages en anniversaires, de fêtes en soirées d'inauguration. Il fait partie du grand réseau des musiciens tziganes qui travaillent en famille et se refilent les bons plans. Ils connaissent un large répertoire et peuvent tout jouer sans difficulté. Le talent de Lazlo a fait sa réputation et ses services sont sans cesse demandés. Il n'a guère de soirée de répit et va d'une fête à une autre. La vodka le suit chaque fois. Avec la musique et le violon, c'est la seule chose qu'il retrouve où qu'il aille. Il a traversé la France, est passé en Italie puis est reparti vers l'Espagne avant de revenir en France, à Arles, pour se rapprocher des Saintes-Maries-de-la-Mer, la ville où se tient chaque mois de mai la réunion annuelle des gitans. Il a décidé de s'y rendre et espère y retrouver son copain Gabor, quelques musiciens avec qui il a grandi et des amis de son oncle.

Il sait qu'il ne verra pas Nathanaël là-bas, il l'a lui-même enterré il y a moins d'un an. Quand il y pense à présent, il se dit qu'il est parti aussi vite qu'un éclat de rire, fidèle à ce qu'il avait été toute sa vie.

Un soir, il avait soudain eu très mal au bras et s'était plaint d'être essoufflé. Il avait demandé à Lazlo de l'accompagner jusqu'à la verdine pour se reposer. Calé dans sa couchette sous un édredon rose pâle, ne perdant jamais une occasion de plaisanter, il lui avait lancé sur un ton rigolard :

— C'est bon, mon Laz, tu peux y aller. Et si je clamse, n'oublie pas que tout ça n'est qu'une blague ! Garde le sens de l'humour !

— N'importe quoi ! avait répondu Lazlo en riant. Allez, repose-toi !

Deux heures plus tard, quand il était venu prendre de ses nouvelles, il l'avait trouvé allongé au sol, la tête contre le plancher. Il ne respirait plus.

La vieille Sara, que tout le monde consulte pour ses talents de guérisseuse et qui soigne à l'aide de baumes, de décoctions et de cataplasmes, s'était signée à plusieurs reprises en apprenant la mort de son oncle. « Le cœur, avait-elle dit. C'est le cœur qui a dû lâcher. »

Son départ avait sonné pour Lazlo la fin d'une époque. Terminée la protection héritée de son statut de neveu, fini le confort de la roulotte, adieu la sécurité des lendemains – avoir un toit, une cafetière pleine le matin et un mot gentil en début de journée.

Lazlo le savait : sans Nathanaël, il n'avait plus sa place dans le clan. Depuis toujours, il vivait en sursis, protégé par son oncle. Il était différent et la communauté le lui avait toujours fait sentir. Il n'avait jamais réussi à justifier sa présence, pas plus qu'à rapporter sa part. La position respectée de Nathanaël lui avait servi d'abri, mais l'heure était venue de partir et d'assumer son statut de « demi-gadjo ». De toute façon, rester au camp sans Mina et sans Nathanaël était inenvisageable, avait-il pensé.

« C'est au-dessus de mes forces. Ils étaient les seuls à me comprendre et à m'aimer sincèrement malgré ma différence. Eux seuls croyaient en moi, chacun à sa façon. »

Après les funérailles, Lazlo a regardé brûler la verdine dans laquelle il avait grandi avec Nathanaël et que la tradition manouche exige de détruire pour empêcher que l'âme du défunt ne vienne la hanter. Puis il a décidé de quitter le camp et de prendre la route.

Un sac sur le dos et son violon au bras, il a commencé son errance. Une nouvelle vie placée sous le signe du manque et de l'absence. Seul, il a sillonné la France, découvert ses villes, arpenté ses routes, emprunté ses chemins de traverse, arrêté des camions et roulé avec des chauffeurs qui acceptaient de le mener là où la musique pouvait lui permettre de vivre. Depuis, il avance et voyage sans autre but. La plupart du temps, il suit les musiciens qu'il rencontre et avec qui il partage le cacheton des soirées. S'il ne cesse de croiser de nouveaux compagnons, personne ne reste autour de lui. Les amis d'un soir disparaissent aussi vite qu'ils sont apparus. Lazlo ne le dit pas mais cette solitude lui pèse. Il aimerait tant revoir certains de ceux qui l'ont vu grandir, et particulièrement ce matin, au bord de cette fontaine qui ne se tait pas.

Il entend le vendeur de journaux crier les titres de l'édition de la journée : « Vendredi 18 mai 1934. Achetez l'édition spéciale ! Coup d'État militaire en Bulgarie ! Premier vol du

Maxime Gorki : le plus gros avion de tous les temps ! »

Il ne se lève toujours pas. Il ouvre les yeux et évalue le chemin à parcourir pour aller du banc à la fontaine, mettre sa tête sous l'eau, et boire enfin pour faire cesser la bête qui tape dans sa tête. La journée s'annonce difficile, il le sait.

A-t-il pris sa paye, hier soir ? Il se lève péniblement pour vérifier. La douleur cogne. Après avoir recompté les billets, il va plonger la tête dans l'eau gelée. Il retient sa respiration pendant vingt secondes puis sort de son apnée pour boire de longues gorgées sous le jet. Une fois désaltéré, il s'assied sur la margelle et prend sa décision : il partira aujourd'hui pour les Saintes-Maries-de-la-Mer, sans plus attendre. Il a besoin de voir des visages familiers, de retrouver les siens.

Le désespoir des lendemains de cuite lui noue le ventre. Il connaît cette sensation qui lui ordonne de boire à nouveau, pour « faire la jointure », comme disent les gars avec qui il joue. Reboire avec urgence, pour combler le trou béant de l'angoisse.

Mais Lazlo résiste et avance sous le soleil de fin de matinée afin de quitter la ville en direction de l'ouest où l'attendent les Saintes. Il s'est souvent demandé pourquoi il y avait plusieurs saintes Marie. Il a toujours entendu qu'il n'y en avait qu'une et unique, la Vierge, la mère de Dieu. Il se promet de poser la question, cette fois-ci. Il trouvera bien un ancien qui saura lui répondre.

Une camionnette ralentit et s'arrête sur le bord de la route quand Lazlo lui fait signe. Après lui avoir demandé s'il pouvait monter à l'arrière, il grimpe à bord avec son sac et son violon. C'est une Berliet toute neuve, un modèle de l'année passée, pense-t-il, à moins qu'il ne soit de 1932. Lazlo s'est découvert un intérêt pour les voitures et les moteurs en commençant sa vie itinérante. Au fil de ses discussions avec les chauffeurs à qui il paye un café ou un verre de vin pour les remercier, sa curiosité a été piquée. Depuis, quand il est sur la route, il prend plaisir à choisir des camionnettes modernes ou des fourgonnettes bâchées qui sont plus légères et plus rapides. Un de ses derniers trajets à bord d'un camion Rochet-Schneider lui a fait ainsi, un temps, oublier sa tristesse.

Calé entre les cageots, il regarde passer le paysage. Il aime les étendues du sud de la France, surtout celles de la Camargue, une région austère qui déroule des terres sauvages et arides d'une mélancolie envoûtante.

Il se souvient d'un été où il avait assisté au combat de deux étalons qui luttaient pour prendre la tête du troupeau. Il s'était caché derrière des tamaris, captivé par le spectacle de ces deux titans cabrés sur leurs jambes arrière. Les robes blanches écumantes et ensanglantées, les lambeaux de peau arrachée, les naseaux dilatés, les yeux injectés de sang ; la scène l'avait fasciné.

Il se souvient aussi des étendues brumeuses et sans fin de l'étang de Vaccarès auquel ses abords marécageux empêchent d'accéder et où les vieux habitués viennent relever les nasses pour pêcher l'anguille.

Il se souvient du goût unique des tellines, ces petits coquillages blancs que l'on suçote sans fin au son de la musique ; des moustiques, énormes et voraces ; de la chaleur écrasante au cœur de l'été quand plus un souffle d'air ne passe.

Gauchos européens aux visages sillonnés et aux voix pierreuses, gardians en bottes et pantalon de cuir, les hommes de la région se battent chaque jour pour tirer le meilleur de cet environnement hostile.

Il aime cette terre-là, tout comme il aime marcher le long de l'immense plage des Saintes, être aveuglé par les reflets du soleil sur l'eau, écouter la litanie répétée de la mer qui l'apaise et le rassure.

Mina aussi aurait aimé cet endroit, il le sait. Elle voulait faire le pèlerinage avec lui, découvrir la Méditerranée et les vagues dont il lui avait parlé, chanter pendant les veillées dans la crypte, participer aux processions vers la plage, assister à la bénédiction à la mer, danser sur la grande place.

Elle avait demandé l'accord de son oncle Chavo qui avait accepté après des discussions houleuses. Ils devaient aller aux Saintes-Maries ensemble quelques mois après sa mort.

Les coups de boutoir de la vodka faiblissent dans sa tête mais l'angoisse et la nausée ne l'ont pas quitté. Assis entre les caisses de tomates, Lazlo est en piteux état. Les cahots de la route, les virages et le paysage qui défile à l'envers ne font qu'aggraver son mal. Il lui tarde d'arriver et de se jeter dans la mer, d'étendre son corps dans les flots pour en faire sortir le poison qui y coule encore. Il nage mal, comme un pantin désarticulé, mais il s'en moque.

Bientôt, il la voit. Majestueuse au loin dans sa robe bleue. Étincelante et immobile, elle a la grâce d'une souveraine. Au détour d'un virage, elle disparaît avant de réapparaître au suivant. Quelques minutes plus tard, il sent son odeur salée piquer ses narines.

Le chauffeur donne un brusque coup de frein.

— Tu descends là, mon gars. Je dois livrer fissa. Pas le temps pour un verre. À une prochaine !

Lazlo déplie ses jambes et se redresse. Engourdi, il saisit sac et violon et saute d'un bond au sol.

— Merci l'ami ! À une prochaine !

La camionnette redémarre aussitôt, le laissant devant la mer qui se tient là, étendue face à lui. Lazlo prend une profonde inspiration et s'avance à grandes enjambées vers elle. Plus que quelques mètres et il sera dans ses bras.

11

Clac. Les portes se referment. Le métro démarre. Il reste deux stations avant que Lucie n'arrive à destination. Debout, pressés, serrés, les voyageurs se tiennent avec difficulté aux montants des sièges ou aux barres suspendues quand ils ont le bras long. Haleines de café, yeux embués, visages tirés sous les lumières crues. Le métro avance vite et secoue les passagers. Tout le monde râle.

La Défense. La totalité de la rame s'extrait des wagons et se précipite d'un même élan pour atteindre l'escalator et sortir au plus vite. Foule. Une horde de silhouettes se hâte. Uniformes noirs et gris, bruns et bleu marine, mallettes vissées au bras, talons qui claquent tandis que les portes se referment derrière eux. Clac.

Les corps se précipitent dans un mouvement collectif. La masse se dirige vers un même but : le bureau.

Un homme est à contresens. Il fend la foule, de face. Que fait-il là ? Il est percuté de plein fouet par les corps qui le croisent. Il ralentit le flux. Les bouches marmonnent. Reproches. Agacement.

Soudain, quelqu'un heurte l'épaule de Lucie. Surprise, elle se retourne et découvre un gros homme derrière elle. Il ne dit pas un mot, pas une excuse, et continue sur sa lancée. Lucie ne ralentit pas non plus, sous peine d'être bousculée à nouveau.

La masse arrive devant les portes de sortie. Ralentissement. Cohue. Embouteillage. Enfin, les battants électriques ! Clac.

Encore quelques marches et la voilà sortie du métro.

Lucie pénètre à présent dans ce qu'elle appelle « l'autre monde ». Celui qui l'attend dans le périmètre défini du quartier d'affaires de la Défense. Dans quelques instants, elle va franchir une autre porte, à tambour cette fois-ci. Il sera 7 h 50. L'heure de pointer au service de sécurité, poser son manteau au vestiaire et prendre son poste au standard, derrière le comptoir d'accueil. Passé l'escalator, elle marque un arrêt devant la croissanterie industrielle et commande un café long à emporter avec une pointe de lait. Elle tire ses escarpins noirs d'un sac en toile pour les enfiler à la place de sa paire de baskets.

Ce café est le réconfort qu'elle s'offre le matin depuis qu'elle a commencé son nouveau boulot, il y a déjà presque trois semaines. C'est le courage qu'elle se donne pour affronter le froid et l'ennui qui l'attendent dans le bâtiment de verre où il lui semble manquer d'air. Elle vient de toucher sa première paye et ce salaire fait une large différence avec les mois précédents. Elle a tout de suite fait la liste de ce qu'elle pourrait acheter chez Marin, son fournisseur de matériel de peinture. Le papier est dans son sac ; elle le complète dès qu'elle a un instant de libre. C'est un morceau de rêve qu'elle garde précieusement avec elle.

— Bonjour. Comment puis-je vous aider ? Entendu. Je vais voir s'il est disponible. Qui dois-je annoncer, s'il vous plaît ? Ne quittez pas, je vous prie.

Mise en attente. Recherche du numéro d'Antoine Pringent. Appel. Boîte vocale. Reprise de l'appel.

— Oui, je suis désolée, monsieur Pringent n'est pas disponible actuellement. Puis-je lui transmettre un message ? Un mail. Ce sera très bien. Bonne journée, monsieur.

Très vite, elle a adopté cette voix légèrement sucrée que la responsable des ressources humaines lui a demandé de prendre et a acquis les réflexes nécessaires. Elle se voit parler et raccrocher comme elle regarderait la scène d'un film ou observerait une autre faire à sa place. Ce n'est pas elle, mais une autre Lucie qui joue ici un rôle de standardiste.

Elle ne comprend pas grand-chose à la société pour laquelle elle travaille. Ce qu'elle en sait tient en quelques lignes : c'est une grosse entreprise qui fait du profit et à laquelle tous les employés semblent fiers d'appartenir. Il y est question d'analyses financières, de valeurs de cotations, d'estimations fiscales, mais ces formules ne veulent rien dire pour elle.

Elle s'évade souvent et s'imagine dans un tableau d'Edward Hopper. Elle est assise derrière le bureau, cheveux blonds crantés, rouge à lèvres carmin, chemisier de satin blanc à jabot, combiné à l'oreille, crayon à la main. La lumière arrive par la gauche. Les murs sont vert sapin, virant au noir dans l'angle droit. Une lampe de bureau diffuse un éclairage supplémentaire et dessine un triangle sur son visage et son buste. Sous la table, on aperçoit ses jambes croisées et une chaussure qui glisse de son pied.

Elle aurait aimé peindre cette scène-là. Au lieu de quoi elle crayonne en permanence sur des feuilles de papier qui s'empilent à côté du téléphone. Des vues en perspective, des escaliers, des portes à battants, des dalles au sol, des baies vitrées donnant sur les tours de la Défense. Parfois des dessins plus fouillés, des essais de déconstruction et de structuration de l'architecture, mais elle est rapidement interrompue.

Elle a constaté que les appels téléphoniques arrivaient par série, comme les vagues que les surfeurs attendent souvent par trois. Elle se faufile donc parmi les séquences de sonneries pour dessiner. Son crayon est la planche de surf avec laquelle elle glisse sur ces journées interminables, évitant ainsi de se noyer sous les appels.

— Mademoiselle ?

— Bonjour monsieur. Comment puis-je vous aider ?

— J'ai rendez-vous avec votre président. Je suis monsieur Blanchet.

— Un instant, je vous prie. Je le fais prévenir.

Le président de la société est un jeune type très grand à la silhouette svelte et élancée. Ses rares cheveux blonds sont coupés à quelques millimètres de son crâne, anticipant ainsi une calvitie précoce. Les traits de son visage sont fins, presque féminins, ses yeux sont bleu acier.

Elle l'a rencontré en début de semaine pour la première fois. La porte à tambour s'est coincée alors que tous deux s'apprêtaient à entrer dans le hall. Ils sont restés bloqués dans le tiers de camembert – comme elle appelle les vantaux de la porte tournante ; ils ont attendu que le poste de sécurité désarme le dispositif de sûreté. Trois minutes de gêne.

Le ton autoritaire qu'il a employé avec l'agent de sécurité et la déférence de ce dernier lui ont permis d'identifier immédiatement celui avec qui elle se trouvait bloquée dans le sas d'entrée : le directeur en personne. Jamais elle ne l'aurait imaginé si jeune. Pas même quarante ans. L'âge de Greg, a-t-elle estimé rapidement.

Son corps dégageait une tension et une nervosité contagieuses, si bien qu'un certain malaise l'avait rapidement gagnée. Oppressée, elle avait commencé à suffoquer et s'était reculée vers le battant arrière pour se coller à la vitre et s'éloigner de ce grand corps sec et glacial, repousser cette sensation de froid qu'il lui communiquait. Elle avait baissé les yeux quand il l'avait regardée et, après avoir balbutié quelques mots inintelligibles, s'était réfugiée dans le silence.

Le pied droit du jeune homme tapait le sol d'impatience et ses mouvements de tête, saccadés, étaient ponctués d'étranges raclements de gorge, un bruit qui lui avait fait penser à celui que font les chevaux stressés avant de s'élancer sur la carrière les jours de concours. Ses doigts pianotaient avec rapidité sur l'écran de son téléphone tandis que Lucie priait pour que ce calvaire prenne vite fin.

Ils étaient restés bloqués ainsi trois longues minutes, dans une gêne semblable à celle qui règne dans les ascenseurs où les passagers échangent des banalités pour rompre la tension qu'induit une promiscuité non choisie. Finalement, elle était sortie de cette cage ronde comme on jaillit de l'eau après une trop longue apnée, aspirant l'air, reprenant souffle peu à peu. Ils n'avaient échangé que deux courtes phrases et aucun regard. Elle garde de lui un souvenir désagréable, un malaise qu'elle n'arrive pas à décrire.

L'instant de sa délivrance sonne chaque jour à 17 heures. Lucie enfile son manteau noir et fiche une chapka sur sa tête. Elle fend les courants d'air glacial du parvis, silhouette longiligne qui s'échappe vers la station de métro.

Escaliers. Baskets. Première rame. Clac !

Elle aime le métro à cette heure-ci. Des milliers de personnes différentes s'y côtoient encore et s'y croisent à mesure que les wagons gagnent le centre de Paris : free lance, intermittents, chômeurs, retraités, nounous derrière les poussettes... Elle se demande ce qu'ils font, ce qui les occupe, ce qui les anime, où ils vont. D'une certaine façon, elle se sent proche d'eux.

La plupart du temps, elle rentre directement dans sa chambre au sixième étage et s'effondre sur son lit pour plonger dans un sommeil sans fond, un abîme dont elle émerge quelques heures plus tard, la bouche pâteuse, les membres lourds, comme droguée. Le soir, à l'heure de se coucher, elle ne réussit plus à s'endormir. Elle n'a pas changé son rythme ni ses habitudes nocturnes et continue à occuper ses soirées comme avant : à boire des verres au bar de la rue Legendre, à peindre sans s'arrêter, à écouter Greg au Duc des Lombards ou au Baiser salé. Elle se couche tous les soirs trop tard pour ne pas manquer de sommeil le lendemain et ses nouveaux horaires la mettent au supplice. Il lui faut souvent programmer deux réveils à distance de son lit pour être sûre de se lever le matin.

Hier encore, Greg l'a ramenée en taxi à plus de 1 heure du matin, après avoir bu des verres et des verres pour fêter sa première paye. Baptiste, le saxophoniste du groupe, était là aussi ; elle aimerait qu'il la remarque, qu'il lui parle enfin. C'est surtout pour lui qu'elle est restée boire la dernière tournée.

Pour autant, elle ne se lasse pas d'aller écouter Greg en concert. Elle est fascinée par sa capacité à improviser et elle a toujours l'impression de l'entendre pour la première fois. Bien sûr, il a son style ; des envolées folles qui n'en finissent pas, une façon d'étouffer le son de la trompette avec la sourdine pour signer la fin d'un set, une passion pour son bugle, ce cornet que les jazzmen ont remis à l'honneur. Les mélodies de ses improvisations s'échappent, partent parfois dans des séquences difficiles à suivre mais reviennent toujours la toucher. Quand elle l'écoute jouer, Lucie lui envie sa liberté et sa chance de pouvoir vivre de ce qu'il aime. Elle se compare à lui et réalise qu'elle n'est pas aussi légère. Son travail de peinture est ardu, laborieux, il exige des heures de retouches et de « remords ». De plus, Lucie n'est pas régulière. Elle n'est pas assidue dans ses projets, pas plus qu'elle ne l'a été dans ses études ou ses petits jobs. Depuis toujours, elle papillonne, volette d'envie en envie et finit rarement ce qu'elle commence.

En peinture, elle débute des séries puis les abandonne. Après avoir peint deux ou trois toiles, elle remet en cause le sujet et finit par le laisser de côté au bénéfice d'un autre projet qui connaît à son tour le même sort. Elle a ainsi amorcé des séries sur les ponts, sur les palmiers des serres du jardin botanique, sur les nuages, sur les escaliers... Ce ne sont pas les idées qui lui manquent mais la persévérance. Récemment, elle a décidé d'entamer un ensemble sur la perspective dans le quartier de la Défense. Ce qu'elle essaye de faire, cette fois, c'est partir de l'existant pour toucher à l'abstrait et se servir de la réalité comme d'une base pour s'échapper vers des formes non reconnaissables. Le paysage urbain est un point de départ formel pour son imagination. Elle utilise l'huile et l'encre pour peindre, parfois simultanément. Et quand elle n'a plus d'argent pour se payer du matériel, elle travaille au fusain.

Mais les sorties tardives, les soirées trop arrosées, les histoires de cœur en suspens, les problèmes d'argent, les colères, tout est prétexte pour ne pas finir les projets et les toiles attendent, entassées, sur le palier près de sa porte.

Elle constate tous les jours son manque d'assiduité et s'en plaint. La frustration est une mauvaise compagne. Lucie le sait mais continue pourtant à procrastiner, pour ensuite se lamenter encore sans changer. Bulle a beau l'encourager, elle-même se demande parfois si elle changera jamais.

Pas plus tard qu'hier soir, c'est au sujet de Baptiste qu'elle se tourmentait. La soirée lui a laissé une somme de questions sans réponses ; pourquoi lui avoir fait ce clin d'œil depuis la scène quand il l'a vue dans la salle ? A-t-il volontairement posé sa main sur son épaule quand il est allé fumer dehors ? Comment interpréter les sourires qu'il lui adressait quand ils étaient au bar ? Pourquoi l'avoir taquinée sur son boulot ?

Dans son lit, elle se repasse les moments de la soirée, cherchant des indices, recoupant des informations, analysant ses gestes. Est-il intéressé mais timide ? Ne sait-il pas comment faire ? Ou bien ne serait-il pas plutôt joueur et séducteur, au vu du nombre de jeunes minettes qui lui tournent autour ? Elle refuse de croire à ce dernier scénario. « Il est trop gentil, dans le fond », se dit-elle. Il ne se jouerait pas d'elle, ni des autres. Il est sincère. Peut-être seulement indécis ?

Elle jette un œil au cadran du réveil ; les chiffres rouges avancent vers le cœur de la nuit. Elle tente d'arrêter le flux de ses pensées qui tournent en spirale. Elle connaît ces heures sans sommeil, plongées dans l'obscurité, quand les idées se tordent et les raisonnements dérapent. Les lendemains sont des journées de cafard sans remède. Seules des siestes profondes parviennent à effacer les films dévorants de ces nuits grises.

Avant Baptiste, le sujet de ses insomnies était Vincent, l'ingénieur lumière d'une célèbre compagnie de danse. Avec son cœur si prompt à s'enflammer, elle avait rêvé de lui pendant des semaines entières, jusqu'à ce qu'ils s'embrassent un soir puis s'endorment tous deux, ivres et épuisés. Elle l'avait revu deux fois avant qu'il ne disparaisse du quartier. « Direction le Sud », avait-elle entendu dire à son sujet un matin au comptoir. Au moins, Baptiste ne devrait pas s'envoler, tente-t-elle de se rassurer.

2 h 50. Angoisse. Le réveil sonne dans quatre heures.

Dormir. Vite.

12

Charles pousse d'un geste sec la porte de son bureau. Il est 5 heures. Les locaux sont vides. L'étage est silencieux.

Encore sous le coup du décalage horaire, il commence sa journée plus tôt que d'habitude. Sur son bureau, son assistante Nancy a empilé des chemises de différentes couleurs et posé trois dossiers à côté des affaires en cours. En effet, dès le lendemain du concert de Strasbourg, il lui a écrit pour lui demander de faire des recherches sur les violons dont Aure Van der Eyssel parlait dans son interview. Il veut en savoir plus sur leur provenance et leur auteur, un luthier italien du XVIIe siècle qui aurait été le premier à établir la sonorité du violon et le distinguer de la viole.

Il s'assied et ouvre les dossiers, impatient de découvrir leur contenu. La première chemise, intitulée « Presse », réunit des articles sur le luthier, les instruments signés et les musiciens qui les utilisent. Le second dossier – « Ventes » – recense les enchères desdits instruments à travers les salles internationales. Le troisième – « Bibliographie » – est plus maigre. Il liste les ouvrages et les documentaires consacrés à l'atelier du maître. Sans attendre, Charles se plonge dans la lecture. Comme à son habitude, il prend des notes rapides, liste, recoupe, segmente, organise et analyse l'information, allant tout de suite à l'essentiel.

Si se renseigner sur ces violons a été simple à mettre en œuvre, en revanche, trouver le moyen de réécouter cette jeune violoniste s'est avéré plus complexe. Étant encore en début de carrière, Aure donne relativement peu de concerts et, quand elle le fait, elle se rend souvent dans des villes de province où il est difficile pour Charles de se déplacer. En attendant d'assister à nouveau à l'une de ses représentations, il s'est donc procuré les deux enregistrements qu'elle a déjà réalisés et qu'il écoute en boucle depuis son retour.

Sans qu'il puisse s'en empêcher, Aure occupe ses pensées, ses nuits, ses rares instants libres. Un ascenseur vide, une perte de réseau téléphonique dans un tunnel, un regard dans le miroir quand il se lave les mains. À la scène du concert donné à la cathédrale de Strasbourg viennent s'ajouter de nouvelles images. Quelques photos glanées sur Internet et celles, surtout, qui se créent dans son esprit au fil de ses rêveries. Il imagine Aure déjà célèbre, sortant du Carnegie Hall à New York, ses jambes délicates se repliant derrière la portière d'un taxi avant d'aller dîner sur Madison Avenue. Il la voit se promener à

Central Park. Il se représente sa silhouette menue et son profil grec face à un tableau lors d'une visite au Louvre. Ces images se mêlent à la réalité. Il lui arrive aussi de penser à elle alors qu'il est en train de travailler, même pendant des tâches aussi importantes que celles de répartir les missions entre ses associés ou de clore une négociation. Ce n'est pas dans ses habitudes et pour la première fois de sa vie, il ne contrôle pas tout, et certainement pas ses pensées.

À 9 heures, lorsque Nancy toque à la porte de son bureau, il n'a pas vu le temps passer. Il la remercie brièvement pour ses recherches sur ces violons et démarre sa vraie journée de travail. Il doit s'attaquer aux affaires du jour en commençant par celles qui ne peuvent attendre ; dans trente minutes, il entre en meeting avec son directeur adjoint, Jacques, pour avancer avec lui sur deux dossiers majeurs. Il a peu de temps devant lui mais ses pensées sont toujours aux violons et à Aure. Il lui tarde d'être à ce soir pour se plonger dans la lecture d'un ouvrage rédigé par un Anglais à la fin du XIXe siècle, qui analyse la vie et l'œuvre du luthier italien dont parle Aure.

Il n'a pas encore pu commencer à le lire car l'analyse de ces dossiers prend du temps. Il vient de consacrer près de quatre heures à parcourir les ventes et déchiffrer les polémiques sur l'authenticité des instruments. Ainsi a-t-il découvert avec étonnement qu'il peut être très difficile d'authentifier un violon. Selon les experts qui se basent sur les registres du luthier, il y aurait environ une soixantaine de violons issus de son atelier. Mais en faisant le décompte des ventes qu'il vient d'étudier ce matin, Charles a listé un nombre bien plus important de violons certifiés comme tels et ayant circulé sur le marché au cours des quinze dernières années. Il existe visiblement un flottement sur la certification des instruments et un hiatus important à combler. L'utilisation de la dendrochronologie comme outil d'expertise dans le domaine de la lutherie a révolutionné les recherches en permettant d'analyser le bois des instruments et donc de dater et de localiser leur lieu de fabrication. Mais son usage est très récent et cette science n'a pas encore permis de corriger les inévitables erreurs d'attribution.

D'après les articles que Charles vient de lire, le violon d'Aure est d'une facture qui a été énormément copiée. Un bon faussaire repère toujours la spécificité d'un auteur, parfois même un de ses défauts, pour les reproduire ensuite fidèlement. Ici, l'incrustation d'un double filet dans le bois ainsi qu'une taille systématiquement plus grande que la normale sont des signatures notables. De nombreux instruments ont ainsi dû être retaillés par la suite pour correspondre au format ordinaire et ont donc subi de multiples restaurations. Ces différences de taille et ces réparations ont fini de perdre les experts, qui se méfient particulièrement de cette signature.

Malgré les difficultés, l'intérêt de Charles reste intact ; mieux, son esprit de compétition est piqué. Comprendre est un défi et le domaine spécialisé des violons anciens est nouveau pour lui. Il a tout à apprendre sur les techniques d'expertise et sur la lutherie.

Comme dans tous les dossiers qu'il traite, il identifie rapidement ses tâches. La première est de trouver une source d'informations fiable qui puisse le renseigner sur cette facture. Il vient de faire le tour de la question et s'est rendu à l'évidence : il n'a pas d'autre choix que de rencontrer les personnes qui connaissent l'histoire du luthier et de se rendre en Italie, plus précisément à Brescia, sa ville d'origine.

On toque à la porte.

— C'est moi, Jacques.

— Oui. Entrez.

— Bonjour ! Comment allez-vous ?

Le ton est fort, un peu outré, comme pour se donner de l'assurance. Jacques est un bon gars, intelligent, mais qui manque de confiance en lui. Charles l'observe s'installer dans le fauteuil en face de son bureau. Il est visiblement tendu. Charles devine que les deux dossiers du moment le préoccupent et il en ressent un certain agacement, l'anxiété étant à ses yeux une marque de faiblesse.

— Très bien, merci.

Il ne retourne pas la question. Volontairement. La réponse de son directeur adjoint risquerait d'accroître son agacement, il lui préfère l'impolitesse.

Jacques se lance dans sa présentation, l'analyse de la situation financière d'une entreprise dont l'acquisition est pressentie par un groupe suisse. Il doit sentir son président particulièrement impatient ; il est stressé et cherche ses mots. Exaspéré, Charles écoute les premières phrases, mais très vite il ne peut se retenir de l'interrompre.

— Bien. Je sais déjà tout ça. Quelles sont vos conclusions ?

Jacques se tend. Son regard se détourne et fixe un point en haut de l'étagère, comme si la réponse y était inscrite. Il s'éclaircit la gorge.

— Les bases sont solides en dehors des dernières années de décroissance. Selon moi, c'est l'affaire de quelques mois pour absorber tout ça. Il n'y a pas de risque majeur. Je dirais que le rachat est souhaitable.

« Enfin, pense Charles, il aurait pu y venir plus vite. »

— Bon, dans ce cas, je vous laisse prévenir le client. J'en profite pour vous informer que je vais m'absenter quelques jours pour un voyage personnel. Je compte sur vous pour prendre le relais sur les affaires en cours.

Jacques le regarde, interloqué. Pour la première fois, Charles lui demande de gérer les dossiers à sa place et d'endosser pleinement son rôle de directeur adjoint.

— Oui, bien sûr ! Vous partez en vacances ?

Il vient tout juste de poser la question qu'il s'en mord déjà les doigts.

Charles, surpris à son tour par cette familiarité inhabituelle, répond :

— En quelque sorte… Je pars en Italie.

Le voyage en Italie. Il a calculé ce que lui coûterait cette absence. Il ne pourra pas assurer les réunions ni les échanges téléphoniques depuis Brescia et devra déléguer à Jacques les décisions et le contrôle des projets. C'est la première fois et cela l'irrite ; il aime garder la main sur les affaires sensibles. Mais cela ne sera pas long, pense-t-il, deux ou trois jours tout au plus.

Il s'est aussi rendu compte qu'il ne parlait pas italien. Tout juste les quelques mots qu'il comprend dans les opéras de Verdi et Puccini ou qu'il adresse aux pizzaiolos des restaurants de l'Upper East Side. Mais il trouvera bien une façon d'apprendre et il prendra le temps nécessaire.

D'après ce qu'il en sait, la ville de Brescia compte quelque 200 000 habitants, des restaurants locaux sans grand chef et des hôtels de moyenne gamme. Il imagine déjà des tables chargées de dentelles et des murs recouverts de tableaux douteux. Cela l'agace mais ne lui fait pas pour autant changer d'avis. Il partira après l'*executive commitee*, dans dix jours.

Il décroche son téléphone et appelle Nancy.

— Merci de prendre un billet pour Milan aux dates indiquées dans mon agenda. Réservez s'il vous plaît deux nuits à Brescia, à l'hôtel Vittoria. Demandez la meilleure chambre.

Comme d'habitude, Charles dicte les missions sans hésitation et avec concision. Nancy est son assistante depuis près de dix ans. Elle orchestre sa vie avec une discrétion qui confine à l'effacement. Ses déplacements, ses réunions, ses *conference calls*, ses places de concert, son pressing, ses réservations au restaurant, elle s'occupe de tout. Elle est au courant de ses habitudes, devine ses choix, anticipe ses besoins, économise son temps libre et optimise ses phases de travail. Elle le connaît et sait comment organiser sa vie au mieux.

Sans elle, Charles serait démuni. Il a réalisé l'importance de son rôle le jour où elle n'est pas venue travailler. C'était il y a longtemps, deux ou trois ans après le début de leur collaboration. Elle avait téléphoné en sanglotant. Elle venait de retrouver son chat étouffé dans le canapé-lit que son neveu avait refermé par inadvertance sur l'animal la veille au soir. Il avait alors mesuré combien il connaissait mal cette assistante parfaitement efficace. Ému par sa tristesse, il lui avait donné quelques jours de congé et, depuis, une silencieuse complicité les liait. Nancy lui était dévouée. S'il n'en savait guère plus sur elle, elle comptait parmi les personnes les plus présentes dans son existence. Elle était fiable et bienveillante.

Lorsqu'elle paraît dans son bureau quelques minutes plus tard, il poursuit la liste de ses souhaits.

— Tâchez d'organiser des rendez-vous avec l'adjoint au maire chargé de la culture, le directeur du conservatoire de musique, le directeur du Teatro Grande et les luthiers dont vous trouverez les noms ici. Présentez-moi comme un collectionneur qui fait des recherches. Je crois me souvenir que Paola du service comptable est italienne, si vous avez besoin d'aide. Ah oui, j'oubliais : trouvez-moi le meilleur ouvrage qui soit pour apprendre l'italien.

Il se surprend à répondre au sourire que Nancy lui adresse. Depuis l'encadrement de la porte où elle se tient et prend des notes, elle le regarde, un peu interloquée.

« Quelque chose se passe mais je ne sais pas quoi », pense-t-elle.

Dix jours plus tard, Charles est calé sur la banquette de cuir noir de la berline qui roule vers l'aéroport. Un casque sur la tête, il écoute la 36e leçon de sa méthode d'apprentissage accéléré d'italien. Depuis plus d'une semaine, il tient le rythme de trois à quatre leçons par jour, selon les réunions et les dîners que lui impose son agenda. Ses oreilles bourdonnent de *o*, *a* et *i*, de *r* qui roulent et de *tt* qui vibrent. La grammaire est simple et les souvenirs de ses cours de latin l'aident considérablement. Le vocabulaire et la structure de la langue en sont proches, il avance très vite. Il sait qu'il pourra se débrouiller dans une conversation, sauf à parler de physique ou de philosophie.

Il est tard quand le taxi qui le conduit depuis l'aéroport de Milan Malpensa s'arrête à Brescia devant la façade éclairée de l'hôtel. Il sort rapidement, soulagé de pouvoir déplier son grand corps et respirer l'air frais. Le trajet a été long depuis qu'il a quitté New York.

Il confirme sa réservation pour deux nuits à la réception et s'enquiert d'une adresse où dîner ce soir. La réceptionniste lui répond dans un italien rapide, avec de larges gestes. Elle débite une série de noms et accompagne son discours de croix cochées sur un plan de la ville. Au vu de sa réponse, il semble qu'elle ait cru son niveau d'italien meilleur qu'il ne l'est. Charles en déduit qu'il doit avoir un bon accent.

Il est agréablement surpris par le grand lobby de l'hôtel : sol en marbre, immenses cadres dorés, comptoir de bois sombre et ouvragé.

Le garçon d'étage a pris son bagage et l'attend dans l'ascenseur.

— *Da dove viene, Signore ?* lui demande-t-il.

Question à laquelle il n'a jamais su répondre. Est-il français ? Américain ? Anglais ? Et plus encore bourguignon ? Parisien ? New-Yorkais ?

— *Di Parigi*, tranche-t-il ; après tout, il est français d'origine et le deuxième bureau le plus important de sa société s'y trouve. *E lei è di Brescia ?*

Ces phrases ont une résonance savoureuse. Il s'étonne en écoutant pour la première fois rouler les consonnes, claquer les syllabes et sonner l'italien dans sa bouche.

En passant la porte, il découvre une chambre spacieuse. De grandes fenêtres donnent sur une terrasse et un jardin dans lequel il devine des ifs à leur silhouette effilée. Il règne ici une paix inhabituelle, une sérénité qui lui rappelle celle de son enfance. Un tempo calme, loin de la vibration de New York.

La salle de bains abrite une baignoire ancienne en fonte, dont les pieds dodus font penser aux pattes d'une grosse bête. Bien qu'il n'affectionne pas cela, Charles décide qu'un bain sera plus facile à prendre qu'une douche et fait couler l'eau en regardant la mousse se former. Elle s'étend sur toute la surface, s'épaissit et moutonne en crépitant, si dense qu'on ne sait plus où est le niveau de l'eau. Quelques minutes plus tard, il ferme les robinets et se glisse dans le bain.

La baignoire l'engloutit. Sa chaleur et sa profondeur ont raison de son corps sec. Charles est absorbé par le spectacle de la mousse qui décline peu à peu dans un bruissement qui lui rappelle le son des bombes de crème Chantilly qu'il vidait dans sa bouche quand il était petit. « Je suis le roi des nuages », proclamait-il alors. Il s'aperçoit que cela fait longtemps qu'il n'a pas pensé à son enfance. Mais rapidement il s'inquiète de l'heure, il doit être temps d'aller dîner. Il sort du bain, se sèche et s'habille avant d'opter pour la solution la plus simple, le restaurant de l'hôtel.

Assis seul dans la grande salle vide, il commande une salade tomates-mozzarella accompagnée d'un verre de Nero d'Avola.

— *E per secondo ?* lui demande, inquiet, un jeune serveur aux yeux sombres.

— *Niente, grazie. È sufficiente.*

Charles le regarde se diriger vers les cuisines les sourcils froncés, visiblement perturbé par sa réponse.

En attendant d'être servi, il consulte son agenda sur son téléphone et revoit son programme du lendemain.

10 heures, entrevue avec l'attaché culturel – Dieu que les Italiens commencent à travailler tard ! 11 h 30, visite du conservatoire ; 14 h 30, rendez-vous avec le luthier Parata ; 15 h 30, le luthier Amati ; 17 heures, *conference call* avec New York puis Paris ; le surlendemain, rencontre avec le directeur du Teatro Grande et deux autres luthiers avant de reprendre l'avion.

Le temps qu'il passe en revue ces différents rendez-vous et ce qu'ils impliquent, l'assiette est devant lui, large et blanche, copieusement garnie de plusieurs aliments ressemblant à tout sauf à des tomates et de la mozzarella. Charles s'étonne à voix haute. Le serveur répond, embarrassé, que nous sommes en hiver et que le chef a préparé une salade avec les produits de saison.

Charles reste muet. Son niveau d'italien ne lui permet pas de trouver les mots adéquats pour exprimer son mécontentement. Cette salade classique est à la carte et il est stupéfait que l'on n'ait pas respecté sa commande. Il détaille le contenu de l'assiette. Des fèves, de fines tranches de champignons, des morceaux de parmesan. Il contemple ensuite le vinaigre balsamique, l'huile d'olive, le moulin à poivre et, posés à côté, les gressins et les petits pains enveloppés dans une serviette brodée. Gagné par une lassitude qu'il ne s'explique pas et qui ne lui est pas familière, il se résout à manger ce qu'on lui présente. Il attaque une première bouchée.

Un parfum sauvage envahit son palais, un goût de terre et d'herbes. La tendreté, le croquant, la fraîcheur. S'y mélangent la douceur des fèves, la force du fromage, la saveur des champignons. Le vin est à la fois puissant, riche et gourmand. Il prend son temps pour savourer chaque ingrédient, ensemble ou séparément, et remercie le serveur lorsqu'il vient débarrasser. Il en profite pour commander un deuxième verre de vin et demander la carte des desserts. Après quelques instants, il se décide pour un tiramisu.

Plus tard, allongé dans son lit en travers du matelas – il est trop grand pour une taille standard –, Charles repense avec plaisir à ce dîner inattendu. Il se sent calme, ce soir. Il a des mails à lire mais n'a aucune envie de les consulter. Il remet cela au lendemain, ferme les yeux et s'abandonne à la nuit.

13

Un deuxième rabot siffle au-dessus du crâne de Giuseppe avant d'aller finir sa course dans la poutre située à droite de la fenêtre. Il baisse la tête pour esquiver l'objet tranchant. Depuis que Maggini est revenu du palais, les outils ont commencé à voler dans l'atelier.

Dans sa fureur, le maître s'empare de tout ce qui est à sa portée pour le jeter au sol ou dans les airs.

— Tu vas quitter mon atelier, espèce de crétin. *Cazzo*. Comment ai-je pu te faire confiance ? Espèce d'abruti ! *Esci dal mio studio !*

Accompagnant les mots de Maggini, un rifloir et un maillet traversent la pièce pour aller s'écraser sur le parquet dans un bruit sourd.

— Qu'est-ce que tu t'imagines ? Que tu es le meilleur artisan du pays ? Il y a des milliers de gars comme toi. Tu entends ? Des milliers ! Oui, des milliers de gars qui ont le même coup de main que toi, le même talent. Ils font des violons comme les tiens. Meilleurs même, mais eux ils ferment la porte derrière eux ! Tu te prends pour qui ? Hein ? Tu crois que les gens se rendent compte de la différence que font tes couches de vernis ? Tu penses que quelqu'un l'entend, la différence ? Quel crétin ! Je vais te chasser de chez moi, hurle-t-il. Et aujourd'hui, tiens ! Immédiatement. Tu entends ? Immédiatement !

Les outils frôlent dangereusement Giuseppe. Un trusquin. Une lime. Un perçoir.

Giuseppe tremble. La scène dure depuis une heure. Le maître éructe, les yeux injectés de sang.

— Tu es responsable, espèce de crétin ! Tu es le seul responsable de ce qui s'est passé. C'est toi qui as laissé la porte ouverte hier soir, et grande ouverte, même ! Allons ! Rentrez, messieurs les voleurs, rentrez ! Venez ! Venez ici vous servir et vider l'atelier ! Venez ! Venez ici ! N'oubliez pas ce violon-ci, surtout !

Grimaçant de colère, Maggini ouvre et claque sans cesse la porte du grenier.

— Est-ce que j'ai besoin d'un crétin comme toi dans mon atelier ? Ahhh ! Tu ne dis rien ? Tu ne réponds pas ? Tu es d'accord, donc ! Quel crétin !

Une vrille. Un marteau.

— J'aurais voulu t'y voir, ce matin, à Monfrino. Tu lui aurais répondu quoi, au comte ? Il aurait fallu que tu parles, que tu expliques, que tu dises quelque chose.

Un vilebrequin dans la main. Moulinet. Un, deux, trois. Tournoiement. Chute.

— Et tu as une idée de la somme d'argent que je perds ? Tu réalises ? Tu es capable de compter ? Hein ? Le violon, il partait à quinze cents florins ! Et les deux violes à sept cents florins. Et je n'ai pas ajouté ce que ces vauriens ont pris ici. Les violes, les guitares, les violoncelles, les altos. *Madre di Dio !*

Et Maggini se prend la tête dans les mains, écrasant ses paumes sur son visage.

— Il y en a pour des milliers de florins. Des milliers... des milliers... des milliers..., répète-t-il. *Madre di Dio !* Comment comptes-tu rembourser ça ? Hein ? reprend-il en hurlant. Combien d'années de travail tu me dois, à ton avis ? Même si tu travaillais jusqu'à la fin de tes jours, ça ne suffirait pas ! Crétin !

C'est au tour de l'emporte-pièce qui part vers le plafond et décrit un arc de cercle avant de rejoindre les outils au sol.

Giuseppe est assis devant l'établi, immobile. Livide, il n'ose émettre un son. C'est à peine s'il respire. Il pressent qu'un seul mot de sa part va déclencher une nouvelle éruption de colère. Mais même sans cela les insultes reprennent, plus dures et plus violentes encore. Le volume sonore augmente. Les murs tremblent. Les objets volent à nouveau, le parquet gronde.

Giuseppe n'en peut plus, mais il se sent incapable de se lever et de sortir de la pièce. Il sait pourtant qu'il devrait quitter cet endroit, abandonner Maggini et sa fureur, refuser l'humiliation, retrouver sa dignité, affronter celui qui le rabaisse. Répondre. Se redresser. Frapper. Se défendre.

Au lieu de quoi il reste prostré et subit les injures, l'injustice et la vexation. Terrassé par la fureur du maître, il se sent désarmé et impuissant. Accablé, il se lève néanmoins et, dans un sursaut de survie, commence à ranger les outils éparpillés au sol.

« Mettre de l'ordre dans cette pagaille, pense-t-il. Mettre de l'ordre, voilà ce que je peux faire », mais son initiative fait redoubler la fureur de Maggini qui éructe :

— Ramasse ! C'est ça, ramasse ! Tu n'es bon qu'à ranger, tiens ! Ça te va parfaitement. Débarrasser !

Et deux pots de vernis atterrissent au sol avant que la cruche à eau n'explose en morceaux devant lui.

— Tiens, ramasse à présent ! Ramasse !

Giuseppe suspend son geste un instant, puis le reprend. Il continue à ranger et pose les outils un à un sur la table. Rabots, rifloirs, limes, moules, modèles, scies, équerres, ciseaux, marteaux, pinces, compas, traçoirs à filets. Sans un mot, il remet l'atelier en ordre avec méthode. Ses gestes sont calmes. Sa façon à lui de se défendre face à la colère de Maggini. Il ne pense pas, n'écoute plus et se concentre sur ses gestes. Seules des bribes de mots lui parviennent à présent dans un brouillard confus. Mais les objets recommencent à traverser l'atelier. Les outils qu'il avait entrepris de rassembler retombent sur le sol. À droite, à gauche, devant, ils arrivent de toutes parts.

Giuseppe est soudain pris de panique. Il cherche du regard où tombent les objets, se précipite, se baisse pour les attraper, court pour les déposer sur une table. Vite. Vite. De plus en plus vite. Les cris de Maggini l'obsèdent. La voix du maître rugit.

Il court vers la porte, l'établi, la fenêtre, le buffet. Il dérape, repart, se penche, se redresse, se penche encore. Ses gestes s'accélèrent, ses mouvements se désordonnent, il glisse sur une flaque de brou de noix, se rattrape au coin de l'établi, part en arrière, retrouve l'équilibre avant de repiquer en avant, tête vers le sol.

En tombant, il porte ses bras vers l'avant pour protéger son visage, mais en touchant le sol, sa main droite s'ouvre sur le couteau à bois qu'il tenait dans son autre main et qu'il s'apprêtait à ranger. Il reste un moment étendu avant de se relever.

Giuseppe est debout à présent, prêt à reprendre sa course effrénée, quand il lève les mains à hauteur de ses yeux, et découvre sa main droite ensanglantée. Étonné, il ne comprend pas tout de suite ce qu'il voit. Il regarde Maggini, sa main à nouveau et, voyant le sang couler à flots, réalise soudain que le couteau à bois lui a tranché la main sur toute la longueur. Sous le choc, il perd connaissance.

14

L'auberge est plongée dans la pénombre. Habitués à la lumière vive du soleil de midi, les yeux ont besoin de temps pour découvrir la pièce au sol de terre battue, discerner les clients assis, apercevoir une table libre. Lazlo s'est souvenu de cette adresse qui ne paye pas de mine mais où Nathanaël avait ses habitudes. Au dire de son oncle, la cuisinière y préparait des plats du jour savoureux. Après un instant d'hésitation, il fait quelques pas, choisit une table non loin de l'entrée, tire une chaise et s'apprête à s'asseoir.

— Hep mon garçon ! Viens voir par ici, l'interpelle une voix derrière lui.

Lazlo se retourne. Il distingue quatre silhouettes attablées dans le fond de la salle. Un type en chemise blanche aux manches retroussées et veston lui fait signe d'approcher. Lazlo s'avance vers eux.

— Dis-moi, tu serais pas le môme à Nathanaël, toi ?

— Son neveu, oui.

L'homme a de grandes moustaches grises qui contrastent avec ses dents en or. Ses cheveux mi-longs sont tirés en arrière et ses yeux sont noirs. Lazlo croit le reconnaître.

— Assieds-toi là, mon garçon.

Il désigne une chaise et se décale pour lui faire une place.

— Tu te souviens de moi ? On s'est vus il y a deux ans, ici, avec ce vieux Nathanaël. Mon nom est Gabriel Lopez mais tout le monde m'appelle Lopez.

Lazlo pose ses affaires. Ses cheveux sont encore mouillés après son bain de mer, sa peau tire à cause du sel et son estomac grogne. Il jette un œil aux quatre assiettes vides. La délicieuse odeur qui flotte dans l'air le fait d'autant plus saliver qu'il n'a pas mangé depuis la veille. Il attrape un morceau de pain abandonné au milieu de la table.

Lopez fait signe à la serveuse et commande un plat du jour pour Lazlo.

— Bon, j'ai appris pour ton oncle. Il a cassé sa pipe, ajoute-t-il à l'attention des trois autres. Je l'ai su par le fils à Chavo.

Après avoir évoqué quelques souvenirs de Nathanaël, Lopez lui demande :

— Mais dis-moi, comment qu'il est mort, l'aïeul ?

— Le 25 août, l'année dernière, il m'a appelé. Il était essoufflé et ça lui tirait dans le bras.

Une assiette de daube fumante arrive devant Lazlo, qui se jette dessus sans attendre.

Lopez hoche la tête et vide son verre de vin. Un silence.

On entend les couverts tinter contre l'assiette. Lazlo avale une énorme bouchée et poursuit :

— Je l'ai accompagné jusqu'à la verdine pour qu'il se repose. Quand je suis revenu le voir, il était allongé sur le plancher, raide.

— Mais alors il est parti très vite ?

Lazlo acquiesce, la bouche pleine.

— Et il était tout seul quand il a passé l'arme à gauche ?

— Oui. Moi, je pense qu'il s'est levé pour aller aux toilettes et que, clac, le cœur a lâché.

— Tu penses qu'il a eu mal ?

— Non, non. Je préfère me dire que non.

— C'est déjà ça. Merde alors, deux ans que je l'avais pas vu. Toujours à faire la noce, celui-là, toujours une blague dans le gosier.

Les trois autres écoutent sans parler. Lopez raconte d'autres anecdotes sur Nathanaël pendant que Lazlo finit de vider son assiette en s'aidant d'un morceau de pain.

— Faut croire que t'avais une sacrée fringale, mon garçon ! Bon, et toi ? Tu t'en sors comment ? Tu faisais de la musique, si je me souviens bien ?

— Ça peut aller, je joue un peu partout, ça rapporte pas mal.

— Tu devrais aller voir du côté de la place ce soir, il y a ce petit gars, tu sais, celui qui se marre tout le temps, il joue là-bas tous les soirs. Il est avec un drôle d'oiseau, un type qui fait une musique bizarre, mais ça marche du feu de Dieu !

Les yeux de Lazlo s'éclairent. Gabor ? Au dernier pèlerinage, il y a deux ans, Gabor et lui ne s'étaient pas quittés d'une semelle. Ils avaient joué ensemble pendant des heures et fait les quatre cents coups. Gabor est accordéoniste et clarinettiste, il est plus jeune que Lazlo et déborde d'énergie et de talent. Toujours partant pour faire des *bœufs*, il connaît une foule de chansons et d'airs. Si c'est bien lui, Lazlo est sûr de passer une bonne soirée et il est impatient à l'idée de le retrouver.

Il se lèche les doigts, les essuie sur son pantalon et discute encore un peu avec Lopez avant de demander à la serveuse combien il lui doit pour le déjeuner.

— Non, c'est pour moi, le coupe Lopez. Ça me fait plaisir.

— Merci, dit Lazlo en se levant, vraiment, merci !

— De rien, mon garçon. J'étais content de parler avec toi. Allez viens, ajoute Lopez en le serrant brutalement dans ses bras courts. J'suis jamais loin si t'as besoin de quelque chose, mon gars.

Touché, Lazlo marmonne un au revoir et s'échappe vers la sortie à grands pas.

En attendant l'heure de retrouver Gabor, Lazlo part faire un tour. Il pénètre dans le campement établi à l'entrée de la ville. Les verdines aux toits ronds arborent des couleurs joyeuses : les tabourets sont sortis, les fils à linge tendus, les poêles fument. Les gitans s'installent ici pour plusieurs jours même si les fêtes ne commencent que le 24 mai. La procession de la Vierge et celle de Sara – la patronne des gitans – se tiennent les 24 et 25 mai. Lazlo avance dans le méandre des convois installés au fur et à mesure des arrivées. Les verdines forment une cité éphémère avec ses rues, ses venelles et ses quartiers. Là des femmes cousent, ici des fillettes dansent en cercle, plus loin deux chiens se battent autour d'une balle, une fille épouille un petit garçon. Derrière, dans les champs, les chevaux broutent et chassent les moustiques en giflant l'air de leur queue. La vie quotidienne se déroule ici paisiblement. Le sol est déjà poussiéreux dans la chaleur de cette fin de printemps mais Lazlo inspire profondément. Il est heureux de retrouver l'âme manouche qui imprègne le camp et qui lui manque depuis des mois. Il marche doucement et savoure chaque scène, chaque bruit, chaque odeur. Il est enfin à nouveau chez lui.

*

À la fin de la journée, c'est le son joyeux de la clarinette qui le guide à travers la grande place. Il se dirige sans hésiter vers le café central où il tombe sur son copain Gabor en train de jouer un air endiablé. Il attend la fin du morceau avant de s'approcher et de l'interpeller. Les yeux rigolards de Gabor se tournent vers lui et une série d'exclamations fuse. Les deux copains se serrent dans les bras et s'échangent de grandes claques dans le dos.

— Ça alors ! Quelle surprise ! Mon gars, on va s'en donner une bonne ! dit Gabor en se tapant la cuisse. Tu vas voir, il y a un gars épatant qui est ici. J'ai joué avec lui ces deux derniers soirs, il revient de New York, tu sais, les États-Unis d'Amérique. Il a passé cinq ans là-bas et il joue du tonnerre.

— Ah, extra, répond Lazlo, circonspect et un peu vexé. Et il joue quoi ?

— Guitare ! Épatant j'te dis, tu vas voir ! Et il jure que New York est sensationnel. Il est revenu au pays pour le pèlerinage des Saintes, et puis il repartira.

Pendant que Gabor parle, Lazlo a sorti son violon et commence à s'accorder. Rapidement, il est prêt et jette un clin d'œil à son copain en lançant la mélodie de *Rumeynye*. Gabor part d'un éclat de rire et saisit sa clarinette.

— Celle-là !

Après l'avoir laissé jouer quelques mesures d'introduction, il se lance à son tour dans la partie. Thème, variation, reprise à deux avant une nouvelle échappée. Les deux copains jubilent de se retrouver et leur bonheur est communicatif. Après quelques morceaux, la terrasse se remplit bien qu'il soit encore tôt.

Le patron du bar leur sert des bières fraîches qu'ils ne prennent pas le temps de boire. Dans une urgence de bonheur, les deux garçons enchaînent les airs sans s'arrêter, tout entiers à la joie de jouer ensemble.

Gabor est moins doué que Lazlo. Il ne peut s'empêcher de faire quelques « canards » et ne maîtrise pas toujours ses doigts qui laissent certaines notes s'échapper trop vite. Mais il a de la gaieté et entraîne les gens avec lui. Bientôt, il monte sur le comptoir et tape du pied sur le zinc. Entre deux airs, il échange sa clarinette contre un accordéon pendant que Lazlo, entièrement attentif à leur dialogue, reste concentré sur son violon.

Assez vite, les clients se lèvent un à un. Ils frappent des mains sur les rythmes vigoureux et reprennent en chantant les refrains que déroulent les deux musiciens. Les regards brillent, les verres se vident. Plus loin derrière, les femmes claquent des doigts et, foulards glissés sur les épaules, esquissent quelques pas de danse. L'ambiance est festive et l'assemblée joyeuse.

Soudain, Gabor fait signe à quelqu'un dans la foule et descend du comptoir. Les silhouettes s'écartent pour laisser passer un homme d'une trentaine d'années, guitare à la main, chapeau sur la tête. Son complet-veston impeccable détonne parmi le blanc passé des chemises que les hommes portent ici manches retroussées.

— Bonsoir, dit Gabor d'un ton respectueux. On vous attendait ! Lui, c'est Lazlo, ajoute-t-il, ayant tout à coup perdu son assurance.

Placide, l'homme s'assied sur une chaise à côté d'eux. Puis, sans un mot, le visage penché sur sa guitare, il entame l'air de *Babik*. Après l'annonce, il attaque une rythmique stupéfiante. Gabor prend la suite et enchaîne, sans paraître ni surpris ni perdu ; sérieux et appliqué, il suit attentivement le guitariste.

Lazlo écoute, médusé. Il reconnaît bien l'air de *Babik*, mais il ne l'a jamais entendu joué sur un tel rythme. Ça balance, ça tangue presque. On croirait que les notes vont se perdre mais elles finissent toujours par retomber sur le bon temps, juste au dernier moment. Gabor lui lance un clin d'œil, l'air de dire : « Tu vois ! Je ne t'avais pas menti ! » Lazlo est fasciné. Les yeux rivés sur la guitare, il cherche à comprendre comment fonctionne ce nouveau rythme. Non seulement il faut mettre l'accent sur les deuxième et quatrième temps, mais il faut aussi accentuer la deuxième croche jusqu'à créer une sensation de déséquilibre.

Après plusieurs minutes d'étonnement, il est conquis. Il regarde les doigts du guitariste parcourir le manche à vive allure. Quant à sa main droite, il ne la distingue plus tant elle gratte les cordes à vive allure. Au deuxième morceau, il tente quelques timides reprises de la mélodie centrale. C'est au morceau suivant, *Dinah*, qu'il se lance vraiment et tâche de suivre les deux musiciens. C'est une plongée dans l'inconnu. Emporté par ce rythme inouï, exalté par la cadence rapide qui se joue, il essaye des phrases, attend les temps et les contretemps, y met l'accent. Il s'amuse avec les demi-tons, les gammes chromatiques et les arpèges diminués. Il a compris qu'il fallait inverser les habitudes rythmiques et il explore maintenant les possibles. Il n'est pas sûr de ce qu'il fait mais pourtant il jubile de sentir cette énergie nouvelle traverser la musique. Le public s'échauffe et Lazlo continue, en nage. La foule est nombreuse, désormais, et le public est transporté.

— C'est bon, mon gars ! Tu as pigé le swing, lui glisse le guitariste quelques minutes plus tard.

À 23 heures, ils s'arrêtent. Les chemises sont trempées, les visages rayonnants, les lèvres desséchées et les doigts engourdis.

Dans cette course musicale, les trois hommes ont chevauché botte à botte, sans pause, sans chute, sans désaccord.

Rires, tapes dans le dos, verres levés.

15

— C'est délicieux, ma chérie. Rappelle-moi comment tu appelles ça ?

— Une moussaka, c'est une spécialité grecque.

Bulle se régale du plat que Lucie a apporté pour leur repas. Depuis deux ans, cette dernière a pris l'habitude d'acheter des préparations surgelées lors des visites qu'elle rend à sa grand-mère, pour lui éviter de faire les courses et de cuisiner – activité qu'elle déteste et dans laquelle elle n'excelle pas, à l'exception de la tarte au citron, son dessert favori, qu'elle réussit à tous les coups.

Lorsque Lucie lui rend visite, elle part tôt et fait l'aller-retour dans la journée. Ce matin, elle a pris le train à 8 heures.

Toutes deux finissent de déjeuner dans le grand appartement de la place Saint-Nizier. Lucie se lève, dessert la table et part préparer le café avant de faire la vaisselle. Pièce sombre, linoléum gris, buffet aux portes grinçantes, toile cirée entaillée, réfrigérateur hors d'âge, évier trop bas pour elle : la cuisine de Bulle est d'un autre temps.

Lucie revisse la cafetière italienne et allume le gaz. Elle trouve sa grand-mère fatiguée, son teint pâle, presque gris, ses joues plus creuses que d'habitude, ses yeux plus enfoncés. Elle semble porter un masque, un visage qu'elle ne lui a encore jamais vu.

Serait-ce la vie qui commence à refluer ? Bulle n'est plus toute jeune et Lucie le sait. Sa voix au téléphone, mercredi, n'était pas vaillante. Les résultats de ses analyses sanguines ne sont pas bons, il lui manque des globules blancs. Bulle lui a demandé de venir à Lyon en prétendant avoir un service à lui demander. Aussi Lucie n'a-t-elle pas hésité à prendre un billet aller-retour dans la minute. Elle ne voulait pas repousser sa visite au week-end suivant.

Le sifflement de la Bialetti interrompt ses pensées. Lucie prépare deux tasses sur un plateau, sort une tablette de chocolat de la boîte en fer-blanc et s'apprête à rejoindre Bulle dans le salon quand cette dernière l'appelle depuis la chambre à coucher.

— Viens ici, ma chérie, je veux te montrer quelque chose.

Lucie entre avec le plateau. Bulle est assise sur le lit, une boîte à violon ouverte devant elle. Elle lui fait signe de s'asseoir.

— Ça, ma chérie, c'est le violon de mon père, ton arrière-grand-père. Il l'a acheté après être entré à l'Opéra quand il a été nommé premier violon. C'est avec cet instrument qu'il a fait la plus grande partie de sa carrière.

Tout en parlant, Bulle passe la main sur le velours bleu à l'intérieur de la boîte.

— Il est beau, n'est-ce pas ?

Lucie acquiesce.

— Papa l'adorait. Il n'a jamais voulu le vendre. Même quand il n'était plus capable de jouer, longtemps après avoir pris sa retraite, il a refusé de s'en séparer. À sa mort, j'ai découvert qu'il me l'avait laissé dans son testament, peut-être parce que j'étais l'unique musicienne de la famille. Il a dû penser que je comprendrais son attachement et que je le respecterais. Je n'ai jamais voulu le prêter, ni le vendre non plus, il attend dans cette armoire depuis des années. Là.

Bulle désigne l'immense meuble qui occupe un mur entier de la chambre.

— Cela fait plus de cinquante ans maintenant, ajoute-t-elle.

Lucie ne répond rien. Elle verse le café dans les tasses. Le plateau est posé sur le couvre-lit rose saumon dont le velours dessine des vagues régulières. Dieu que Bulle a mauvais goût parfois ! pense-t-elle.

— Selon papa, c'est un violon exceptionnel qui viendrait d'Italie. Ce serait un violon signé.

— Ça veut dire quoi, un violon signé ?

— Ça signifie que c'est un instrument réalisé par un luthier célèbre.

— Il est très ancien, s'exclame Lucie en regardant l'objet posé entre elles.

Bulle trempe un carré de chocolat noir dans son café.

— Absolument.

Elle sort alors l'instrument de son étui et le soulève à hauteur d'yeux. Le violon est d'une magnifique couleur brune qui prend des reflets rouge doré, rappelant les éclats de l'ambre ou de la topaze, lorsqu'on le place vers la lumière. Ses grandes ouïes s'ouvrent délicatement le long de sa table bombée. Son dos est incrusté en haut et en bas de larges arabesques qui se répondent, venant souligner la table travaillée dans une même pièce de bois. Un double filet noir épouse la cambrure parfaite de l'instrument.

— Il est beau ? demande-t-elle à nouveau.

— Oui, très beau, répond Lucie.

— Mais il est très abîmé. Là, et là aussi.

Bulle montre du doigt des éraflures noires, comme des cicatrices dans le bois mordoré.

— Je suis inquiète. J'ai l'impression qu'il y a des vers qui attaquent le bois. Ici. Et là.

Bulle manipule maintenant l'instrument avec la délicatesse qu'elle aurait à l'égard d'un nouveau-né.

— Voilà, je t'ai demandé de venir parce que je me suis décidée. Il est temps de le vendre.

— Tu veux le vendre ? Mais pourquoi ? Tu crois vraiment qu'il vaut quelque chose ?

Bulle repose doucement le violon.

— Si c'est bien ce que je crois, oui. Il pourrait même valoir assez cher.

Elle finit son café à petites gorgées.

— Papa a toujours certifié que c'était un violon de maître. Mais le problème, c'est que la signature que tu vois à cet endroit n'est pas attestée. Elle a été jugée apocryphe.

— Apocryphe ?

— Son authenticité n'a pas été établie par le luthier que papa a vu à Lyon à l'époque. Il se pourrait que la signature soit un faux. D'après lui, il y aurait des centaines de copies réalisées sur les modèles de ces violons. Mais moi je suis certaine que c'est un vrai. J'ai parlé à l'un de mes anciens élèves qui travaille maintenant à l'orchestre et il m'a conseillé de le faire réévaluer. Cela coûte de l'argent et il faut apporter le violon chez un expert, et c'est pour cette raison que j'ai besoin de toi.

Lucie remplit les tasses à nouveau.

— Évidemment, pas de problème. Je peux m'en charger si tu veux, mais pourquoi le vendre après toutes ces années ?

— J'ai attendu trop longtemps. J'aurais dû m'en occuper plus tôt, quand j'avais encore la force de le faire. Et puis c'est idiot, ce violon ne sert plus à personne. Si ce que je pense est vrai, sa vente pourrait être intéressante et rapporter une certaine somme. Je voudrais que tu le fasses expertiser et que tu le mettes en vente au meilleur prix. Si tu réussis, l'argent sera pour toi, pour que tu puisses travailler à ta peinture et monter enfin l'exposition dont tu rêves. Et moi je pourrai venir à Paris, pour ton premier vernissage.

Lucie ne sait que dire ni que penser. À plusieurs reprises, elle interroge sa grand-mère :

— Vraiment, Bulle ? Tu es sûre de toi ? Pour de vrai ? Ça m'ennuie, je ne suis pas la seule dans cette famille. Que vont dire les autres s'ils l'apprennent ?

Puis, ayant vu sa grand-mère opiner de la tête et balayer ses objections d'un geste de la main, elle se jette à son cou et fait claquer plusieurs baisers sur ses joues.

— Merci Bulle ! Merci ! Quel cadeau ! Je ne te décevrai pas. C'est promis !

Et disant cela, elle imagine déjà ses toiles accrochées sur un mur blanc, un éclairage soigné, des cartels et des points rouges pour indiquer les pièces vendues. Un mélange d'excitation et de peur la saisit, mais soudain, tout lui paraît possible. Bulle, de son côté, se réjouit de voir s'éclairer le visage de sa petite-fille. Au fond d'elle, elle est certaine que Lucie est une artiste ; il faut l'aider à y croire et à prendre confiance en elle.

— Alors maintenant, explique-moi ce que je dois faire ?

— Mon ancien élève m'a donné l'adresse d'un luthier à Paris, rue de Rome dans le 8e arrondissement. Il fait ce genre de choses et il est très renommé. Il faudrait déposer le violon chez lui et lui demander une expertise pour pouvoir le vendre.

Bulle suit du doigt le double filet qui longe la table du violon. Elle le regarde une dernière fois et ferme la boîte. Clac. Clac. Clac. Les trois fermetures de l'étui résonnent. Elle se tourne ensuite vers sa petite-fille et lui tend la boîte. La gorge serrée, Lucie promet.

— Je vais m'en occuper, Bulle. Je t'assure que je ne te décevrai pas.

Le paysage détrempé défile à vive allure. De petits paquets de neige ponctuent les sombres étendues des champs. Le ciel est plombé. Lucie est assise à l'étage du TGV, en seconde classe, et regarde par la vitre, perdue dans ses pensées. Elle ira déposer le violon chez Mermez sans attendre. Demain matin.

16

Loredana adresse à Charles un signe énergique de la main.

— *A questa sera !*

Elle ferme la porte et le laisse seul dans une des grandes pièces des archives de la ville de Brescia. Loredana Parata est l'assistante du directeur du Teatro Grande. Charles l'a rencontrée lors de son précédent et premier séjour à Brescia en décembre dernier. C'est une femme d'une quarantaine d'années, dont la silhouette généreuse trahit un caractère gourmand. Ses longs cheveux noirs forment une crinière volumineuse. Elle n'est pas d'une beauté évidente mais elle a du chien, comme diraient certains.

Elle s'est intéressée au projet de Charles dès leur première rencontre. Le directeur était en retard et Loredana s'était alors chargée de l'accueillir. Il se trouve qu'elle est la sœur du luthier Francesco Parata que Charles a également rencontré. Elle l'a interrogé à propos de ses recherches et lui a signifié son intérêt. Rapidement, elle lui a fait part de son envie de l'aider, sans doute curieuse de côtoyer un collectionneur. Elle a vite su le convaincre de son utilité, notamment grâce à son large réseau de connaissances à Brescia qui lui permet d'ouvrir de précieuses portes. Elle est par exemple amie avec la directrice des archives de la ville, à qui elle a fait part des recherches de Charles. Trois jours après son premier séjour en Italie, ce dernier a ainsi reçu un mail de Loredana l'informant de l'existence d'une correspondance entre le maître de l'atelier et un riche client de la Sérénissime. Quelques semaines plus tard, il est donc de retour à Brescia pour découvrir ces documents.

C'est une piste inattendue pour Charles. Jusqu'à maintenant, ses rencontres comme ses recherches ne lui ont pas apporté les réponses qu'il espérait. Les luthiers renommés à qui il a écrit lui ont répondu de façon incertaine sur la question de la certification, arguant du fait que cette facture aurait été copiée à trop de reprises au fil des siècles pour être aujourd'hui parfaitement authentifiée. D'autres ont tout simplement répondu que les instruments de cet atelier ne les intéressaient pas en raison de leur sonorité trop proche de celle de l'alto, voilée, voire plaintive, loin de la brillance de ton recherchée actuellement.

En Lombardie, la ville de Crémone est le sujet d'intérêt majeur des luthiers internationaux et attire sur elle tous les feux des projecteurs ; aussi les personnalités de l'univers musical de Brescia sont-elles fières d'être enfin au centre de l'attention et de pouvoir aider un collectionneur étranger en échangeant avec lui leur savoir. Toutes affirment que l'école de Brescia du début du XVIIe siècle est à l'origine de la lutherie contemporaine et que ses représentants sont les pères des célèbres maîtres Guarneri et Stradivari. Certains s'aventurent même à dire que, sans la peste noire qui a ravagé la ville en 1629, Brescia serait devenue la perle de la lutherie italienne du XVIIe siècle. Hélas, tous se sont montrés incapables de fournir plus d'explications sur la question épineuse de l'authentification. Ainsi, il semblerait que seules des analyses dendrochronologiques réalisées par des laboratoires agréés puissent permettre d'établir définitivement l'origine de ces violons.

Mais Charles n'a pas résisté à la tentation de se rendre sur place pour déchiffrer les documents dont lui a parlé Loredana. Il ne sait pas ce qu'il va pouvoir en tirer, mais la démarche l'excite et l'intrigue. Il s'est donné deux jours pour faire l'aller-retour à Brescia et il est impatient de commencer sa lecture. À l'aide de gants blancs, il soulève le couvercle de la boîte d'archives et découvre une liasse de papiers jaunis. Il marque une pause, prenant conscience qu'ils datent, selon toute vraisemblance, de plus de trois siècles. Une forme de respect s'impose.

Des lignes noircies d'une écriture serrée et penchée recouvrent les pages. En pleins et en déliés, elles s'étendent, irrégulières, sur les feuilles que Charles découvre une à une. Rédigées en ancien italien, elles sont écrites par la même personne, un certain Principe Bardolino de Venise, et sont toutes adressées au luthier de Brescia. En les déchiffrant comme il le peut, Charles comprend qu'il s'agit de documents relatifs aux échanges commerciaux du marchand et de son riche client vénitien. Commandes d'instruments, confirmations de paiement, demandes complémentaires, dates de livraison.

Patiemment, il parcourt les originaux. Chaque feuillet lui demande un effort pour décrypter l'écriture de l'époque et tâcher de comprendre l'italien du Nord parlé au début du XVIIe siècle. Il regrette de ne pas avoir eu la présence d'esprit de faire appel à un traducteur. À l'évidence, ces archives sont trop difficiles à comprendre pour lui. Cette fois, il a présumé de ses capacités. S'il est surpris et légèrement agacé d'être pris au dépourvu, il ne se décourage pas pour autant. Son statut d'enquêteur l'amuse. Ses recherches dans ces boîtes poussiéreuses ont quelque chose d'exaltant. Plonger dans une époque si éloignée et lire une correspondance écrite il y a trois siècles à propos de violons dont on joue encore à travers le monde est fascinant.

Charles note les dates et les durées de production et commence à compter le nombre d'instruments cités. À la moitié de la boîte, il dénombre plus de dix violons. Après quatre heures de travail sans pause, il s'apprête à s'interrompre pour prendre l'air lorsqu'il découvre un document différent. C'est une lettre, rédigée d'une petite écriture fine et serrée, difficilement lisible.

Elle commence par une adresse au luthier qui semble plus personnelle, « *Caro Maestro* ». Minuscules, les mots se pressent les uns contre les autres et ne se laissent pas saisir facilement. Il doute des tournures de phrases qu'il parvient à lire et certains termes lui sont inconnus. Au bas du document, il déchiffre toutefois une signature : *Clara Bardolino*. Il insiste quelques instants encore mais ne réussit pas à aller plus loin. En l'absence d'un traducteur, il décide qu'il demandera à Loredana de l'aider à transcrire la lettre dès ce soir. Il est impatient. Qu'elle soit signée d'une femme et qu'elle atteste d'une relation privilégiée entre elle et le luthier attise sa curiosité.

21 heures. Au coin de la via Maggiore et de la via Gargano. Enoteca Benotti.

Loredana est assise à une table près du poêle quand Charles entre dans le restaurant. Il est en retard. Il a dû traiter en quelques heures une dizaine de mails urgents et sa conférence sur Skype avec New York et Paris s'est éternisée. Une importante fusion-acquisition sur laquelle travaille son équipe ne s'annonce pas comme il l'avait envisagé au départ. Il devra encore téléphoner après le dîner pour recadrer son adjoint, et cela l'agace.

Essoufflé, le visage rougi par le froid de la nuit de janvier, il s'excuse et prend place en face de Loredana. Elle a commandé du vin et lui désigne la bouteille :

— Montepulciano d'Abruzzo. Excellent. Goûte, tu vas me dire ce que tu en penses.

Loredana parle un très bon français, teinté d'un accent italien. Elle a tout de suite tutoyé Charles, par facilité linguistique mais aussi par sympathie.

Charles boit lentement une première gorgée.

— Il est... étonnant !

Le vin a un goût de terre et d'épices qui ne ressemble en rien à ceux qu'il a l'habitude de boire. Jusque-là, il s'en tenait aux classiques, des valeurs sûres ; mouton-rothschild, vosne-romanée, chassagne-montrachet. Il est cette fois déconcerté. Il trouve ce vin délicieux, mais ne saurait trouver les mots pour en parler.

La pièce est petite et accueillante. Le feu rougeoie dans le poêle qui diffuse une douce chaleur. Sous les poutres massives qui strient le plafond, des casseroles et des bouquets de fleurs séchées sont pendus. De petits bougeoirs éclairent les tables recouvertes de nappes blanches.

Charles commence le récit de ses découvertes du jour. Il est interrompu à plusieurs reprises par l'arrivée des *antipasti* puis des *primi*, et enfin des *secondi piatti*. Une succession régulière de plats que Loredana lui présente, détaillant les ingrédients et l'origine des spécialités. Ici, on ne commande pas. Les assiettes arrivent au fur et à mesure selon les choix du chef et les produits du jour.

Charles tente de retenir l'attention de son interlocutrice mais elle semble préférer leurs aventures culinaires à celles des archives municipales. Quelque peu agacé, il sort soudain de sa mallette une feuille photocopiée au format A3 qu'il pose fermement sur la table : il s'agit du fameux document dont il a demandé une copie agrandie.

— C'est la lettre de la princesse Clara Bardolino adressée au maître luthier. Je crois qu'elle parle de l'atelier et des violons, mais je n'ai pas pu la déchiffrer seul.

Loredana se saisit de la photocopie.

— *Dio mio*, quelle écriture ! Heureusement que tu l'as fait agrandir. Alors voyons !

Loredana attaque la lecture de la lettre qu'elle traduit péniblement à voix haute, devant s'y reprendre à plusieurs fois. Après vingt minutes et de nombreuses cuillerées de panna cotta, elle a réussi à en traduire une large partie :

Caro Maestro,

Je vous espère au mieux depuis la terrible nouvelle dont j'ai eu connaissance cette semaine. Quel malheur s'est abattu sur [...] ! Je vous exprime toutes mes amitiés dans cette épreuve. Que ce pauvre Di Luca ait perdu l'usage de sa main et qu'il vous prive [...] qui soient en Italie est une perte irrémédiable.

Vous n'êtes pas sans savoir que je suis capable de... (Ici, Loredana hésite longuement)... *reconnaître un violon réalisé par notre cher ami parmi mille autres. Je le connais depuis mon plus jeune âge...*

La suite lui résiste et elle reprend plus loin.

Vous n'êtes pas sans connaître, enfin, le très grand attachement que je lui porte. Je vous suggère amicalement de le garder à l'atelier et de nous proposer des instruments réalisés sous sa direction. Il m'a été rapporté qu'il se fait aider par un jeune garçon. Encore une fois, il ne fait aucun doute que je saurai les distinguer.

Je suis certaine que vous ferez [...] et que vous ne nous pousserez pas au regret de devoir envisager nos achats chez l'un de vos confrères de Lombardie.

Recevez mes sincères pensées,

Principessa Clara Bardolino

— Pas commode, celle-là, commente Loredana en reposant la feuille sur laquelle ils ont ensemble retranscrit la missive.

Elle vide son verre de vin et s'attaque à un gratin de poires au marsala qui attendait devant elle.

— Non, pas commode. Elle va jusqu'à menacer le luthier.

— Oui ! Si elle avait pu, elle lui aurait fait tomber les châtaignes et les aurait grillées à la poêle !

Loredana joint le geste à la parole et illustre cette expression locale avec des gestes théâtraux dont le sérieux embarrasse Charles avant de l'amuser. Sans comprendre pourquoi, il est soudain pris d'un gloussement dont les premiers éclats, irrépressibles, résonnent dans toute la salle de restaurant. Ils jaillissent de sa gorge et viennent interrompre les conversations.

Les voisins se retournent vers eux, tandis que Charles, confus, tente de faire cesser ce rire inattendu, mais en vain. Il hoquette maintenant et n'émet plus que de petits cris aigus. Loredana, enchantée de son effet, mime à nouveau la scène. Hilare, Charles s'esclaffe de plus belle. Des larmes coulent à présent sur ses joues. Il ne peut plus s'arrêter. Le rire secoue son ventre, ses épaules, son corps tout entier. Il se renverse sur le dossier de sa chaise, puis se penche en avant vers la table en tâchant d'étouffer ces éclats de rire qui ne cessent pas.

Loredana, aux anges, le dévisage tout en dégustant son dessert. C'est à son tour d'être au spectacle et elle s'en réjouit.

Enfin, le rire de Charles se tarit. Les explosions se transforment en une sorte de roucoulement, ses épaules se calment, sa respiration retrouve son cours normal. Charles inspire, profondément.

— Eh bien ! Je t'ai bien fait rigoler !

Charles acquiesce et essuie à l'aide de sa serviette de table les larmes qui mouillent encore ses joues.

— Oui, je ne me souviens plus de la dernière fois que j'ai eu un tel fou rire, dit-il en s'excusant.

Il parcourt ses souvenirs et ne trouve effectivement pas trace dans sa mémoire d'un moment identique. Il se sent à la fois vidé et détendu, sensation dont il n'a pas l'habitude.

Comme si de rien n'était, Loredana reprend le fil de la conversation. Charles l'écoute, encore un peu ailleurs.

— Ce qui est intéressant, c'est cet artisan talentueux.

Elle avale une grosse cuillérée de gratin de poires.

— Cela semble signifier qu'il existe des violons de différents niveaux au sein de l'atelier, poursuit-elle.

Ayant repris ses esprits, Charles renchérit :

— Surtout, cette princesse dit savoir reconnaître un violon réalisé par ce fameux luthier ; ça me paraît surprenant, vu son rang. J'imagine qu'elle était bonne musicienne, ajoute-t-il.

Loredana déguste les dernières miettes de son dessert.

— Peut-être pas. Tu sais, mon frère marque ses violons, dit-elle. Ça pourrait être quelque chose de ce genre.

Charles la regarde, surpris.

— Comment ça ?

— Eh bien oui, il colle l'étiquette « Francesco Parata » à l'intérieur, contre le fond. Mais il grave aussi son cachet au bas du manche. Tu devrais en parler avec lui. Apparemment, beaucoup de luthiers procèdent ainsi. Au cas où l'inscription serait enlevée ou se décollerait, je crois. J'aurais pensé que tu savais ce genre de choses, toi le collectionneur !

Charles termine à son tour le dernier dessert en réfléchissant à cette option. Il ignore combien de plats ont été servis et comment il a réussi à tout manger. L'atmosphère surannée de l'endroit, le personnel attentionné et la qualité des produits qu'il déguste lui procurent un plaisir nouveau. Il s'étonne lui-même de savourer ces moments que quelques semaines plus tôt il n'aurait pas appréciés. Jusqu'à son premier voyage en Italie, il recherchait des endroits luxueux et identiques. Le service y était le même et les cartes s'y ressemblaient. C'était efficace, sûr, rassurant. Il ne perdait pas de temps à chercher ou à choisir. Sachant à quoi s'attendre, il avait alors l'esprit libre pour travailler.

Ses plaisirs jusqu'ici ont toujours été les mêmes – mener à bien une acquisition, gagner un nouveau client, signer un contrat et écouter de la musique. Mais depuis peu, il expérimente des joies différentes : goûter une saveur inconnue, se laisser surprendre par les arômes d'un vin de terroir, humer l'odeur d'une truffe blanche, prendre son temps dans une auberge rustique, échanger avec les autres sans les juger selon leur efficacité, rire, partager...

Ces bonheurs simples, « à portée de main », lui procurent un sentiment de paix. Il les découvre, les savoure et se promet de ne pas les oublier lorsqu'il retrouvera son quotidien à New York et à Paris.

Tandis que Loredana commande des *caffè* et des *bicchieri di grappa*, Charles pense à sa journée du lendemain. Il vole pour Paris où est prévu un marathon de réunions, rendez-vous et *conference calls*.

Il a annulé sans hésiter sa soirée avec Mélanie qu'il devait inviter à écouter *Le Trouvère* de Verdi à l'Opéra-Bastille car il a besoin de temps pour relire ses notes, réunir les informations récoltées à Brescia et préparer sa rencontre avec Aure Van der Eyssel.

La violoniste donne en effet un concert le jour suivant, à midi, au conservatoire de Paris, rue de Madrid. Elle participe à une master class et jouera le *Concerto n°1* de Joseph Haydn, accompagnée par un pianiste japonais.

Quand Charles a été averti par Nancy de ce concert, il a su que ce serait l'occasion parfaite pour revoir Aure et pouvoir la rencontrer en personne dans des conditions privilégiées. La master class se déroule en petit comité, les musiciens seront là pour échanger avec le public, il pourra donc se présenter à elle à l'issue de la performance pour lui parler de ses recherches et lui proposer de poursuivre ensuite leur discussion autour d'un verre.

Les informations qu'il a jusqu'ici recueillies sont une aubaine. Charles n'est pas à l'aise pour entamer la conversation avec les femmes en général et peut même se montrer froid ou agressif. Cette fois, il a de quoi capter l'attention de son interlocutrice pour un long moment et il s'en félicite. Ses recherches et ses récentes découvertes lui donnent de l'assurance.

— *Il conto, per favore,* demande Charles en faisant signe au garçon.

— On pourrait presque croire que tu es italien, le taquine gentiment Loredana. Tu as progressé depuis la dernière fois !

Charles sourit, détendu grâce à la *grappa* et à la chaleur de l'endroit.

— *Grazie cara,* lance-t-il en se levant. *Andiamo via !*

17

Épicéa, érable, tilleul, buis… Giuseppe décharge la cargaison de bois et entrepose les planches dans l'espace qui jouxte l'atelier. Dans l'ombre, les débits encore frais exhalent de puissantes odeurs de sève et évoquent les parfums d'une promenade en forêt.

En huit semaines, il a organisé la réserve de façon systématique. Les pièces sont classées selon leurs essences, leur provenance et leur âge de coupe.

Sciés sur quartier puis séchés, les débits ont été préparés pour la lutherie ou la marqueterie. À leur arrivée, Giuseppe les numérote puis les range : il stocke ensemble les planches du même arbre en plaçant les plus anciennes devant et les plus récentes dans le fond afin qu'elles finissent de sécher. À l'écart des essences habituelles que sont l'érable, l'épicéa, le tilleul et le buis, Giuseppe entrepose les bois rares destinés aux parties accessoires des instruments comme les chevilles ou les cordiers : saule, poirier, prunier, alisier, aulne, houx, cormier…

Le lieu ne ressemble en rien à ce qu'il était auparavant. L'espace est propre et rangé, sans un échantillon qui ne soit à sa place. Il y règne un ordre méticuleux.

Giuseppe discute avec les fournisseurs et les interroge longuement sur la provenance de leur marchandise. Son choix se porte souvent sur des bois issus de forêts de moyenne altitude, de meilleure qualité car les arbres s'y développent lentement, ce qui rend leur matière dure et dense. À chaque livraison, il négocie deux ou trois morceaux gratis, qu'il réserve pour son usage personnel.

Le choix du bois d'un instrument est capital. Il détermine la clarté, la rondeur et la couleur du son. Sa densité, sa nervosité, sa coupe ou sa croissance ont chacune leur importance.

Giuseppe reconnaît un matériau de première catégorie à l'œil et au toucher comme à l'oreille. Il apprécie le travail du bûcheron qui a coupé l'arbre au juste moment, en suivant les phases de la lune. Il mesure toute l'expertise d'un débiteur qui sait le scier et le couper « dans le fil ». Les artisans de l'atelier écoutent ses conseils et l'observent attentivement. Il caresse le bois, le sonde, l'écoute réagir sous ses doigts. Il commente ensuite le débit, détaille ses propriétés, pèse le pour et le contre en fonction de l'instrument projeté, et passe ainsi de longs moments à la réserve entouré des luthiers.

L'accident s'est produit deux mois plus tôt. Giuseppe a attendu des semaines entières, regardant sa main chaque jour, espérant qu'elle reprendrait vie. Il a prié tous les soirs pour que sa paralysie soit temporaire et que ses muscles récupèrent leurs forces. Mais après des semaines de soins, sa main droite a été déclarée définitivement invalide. Elle est perdue. Le tendon du pouce est sectionné. Giuseppe ne peut le ramener contre ses doigts et n'est plus capable de rien pincer ni tenir fermement de cette main. S'il peut encore attraper des objets à l'aide des quatre doigts restants, aucun travail manuel n'est possible, encore moins un ouvrage de précision. Fabriquer un violon lui est devenu impossible.

La nouvelle n'a pas frappé Giuseppe d'un coup violent. Elle s'est imposée à lui au fil des semaines, doucement. Puis, un jour, il a pris conscience qu'il ne pourrait plus exercer son métier et qu'il devait s'y résoudre. Ainsi, il a dû accepter que l'emploi offert par Maggini le temps de sa convalescence devienne permanent. Désormais, il s'occupera du stockage et des achats.

De nature discrète, Giuseppe s'est réfugié dans un silence qui lui a permis de cacher sa peine et de vivre sa tristesse en solitaire. Seules ses conversations sur le bois le tirent de son mutisme. Il s'anime alors et ses yeux s'illuminent à nouveau le temps d'un échange avec un marchand ou un artisan.

Cependant, Giuseppe n'est plus un jeune homme et cet accident l'a fait vieillir brutalement. Sa nouvelle tâche éprouve son corps peu habitué aux travaux de force ; son dos s'est voûté sous le poids des planches qu'il transporte, à moins que ce ne soit sous celui du chagrin. Sa longue silhouette, plus maigre encore, se confond dans l'ombre de la remise avec les panneaux de bois qu'il y ordonne. Un voile de tristesse semble s'être tendu au-dessus de lui.

Quand il s'accorde un instant de pause dans la journée, il s'assied sur un tabouret à l'entrée de la remise et regarde aller et venir les passants dans la rue. Il pense au violon parfait qu'il ne finira pas, à l'instrument rêvé qui attend dans le grenier, chez lui, caché. Il l'a commencé deux ans auparavant, sans le dire à personne, loin de l'urgence de la vente, à l'abri des contraintes de production de l'atelier et des besoins de rentabilité. Il a réalisé chacune de ses pièces en prenant le temps nécessaire pour atteindre le meilleur résultat possible. Fond, table, manche, les éléments sont presque prêts et attendent simplement d'être montés et assemblés. Il leur a donné tout ce qu'il savait. Le tracé du moule, le plan des voûtes, le dessin des ouïes, le choix des bois monnayés avec un marchand, chaque étape a été effectuée avec passion. Il a travaillé tous les dimanches, certains soirs aussi, des heures durant, pour avancer, en secret.

Giuseppe caresse un morceau d'ébène qu'il n'utilisera pas pour la touche. Pas plus que le buis pour les chevilles. « Ce violon aurait été parfait, pense-t-il, mais il ne sera pas. »

18

Au pied de Notre-Dame de Fourvière, les terrasses s'étalent sur la place de la cathédrale Saint-Jean. Il y a plusieurs semaines déjà, Lazlo est arrivé à Lyon avec Chavo et les autres et c'est ici qu'il joue les après-midi, passant d'un troquet à l'autre, avant de poursuivre sa tournée dans la rue Saint-Jean qui suit le cours de la Saône jusqu'à l'église Saint-Paul. Il va seul ou accompagné, selon les disponibilités des musiciens du camp et des copains qu'il croise dans le quartier.

Après de longs mois à errer en solitaire de ville en ville, revoir au pèlerinage des Saintes-Maries-de-la-Mer tous ces visages connus lui avait procuré un apaisement et un bonheur auxquels il n'avait pas goûté depuis longtemps. Il a eu le sentiment de retrouver sa famille, et les anciens – Chavo et Zoran – l'ont accueilli avec joie, enchantés de le voir devenu un homme. Il gagne sa vie, a du succès, est admiré. Il peut à présent faire partie du clan comme un rom, un vrai gitan, un de chez eux. Sa musique, les soirées enfiévrées qu'il a animées au café central des Saintes et la popularité de ses concerts depuis son arrivée à Lyon ont eu raison des jugements qui l'ont si longtemps condamné. Lazlo a enfin gagné sa place.

Un matin, pendant le pèlerinage, il était passé chercher Gabor dans sa roulotte mais ne l'avait pas trouvé. Il avait alors demandé à la femme qui hébergeait son ami si elle savait où il était.

— Ton copain ? Il est parti cette nuit.

— Parti ? Mais où ça ?

— Aucune idée. Il a réuni ses affaires et il a filé. C'est tout ce que je sais.

Lazlo était resté planté devant la porte de la verdine, abasourdi, sans comprendre. Gabor ne lui avait parlé d'aucun départ immédiat ni d'aucun voyage, et certainement pas sans lui. Surtout, il l'aurait prévenu. Ils jouaient ensemble depuis des jours et faisaient un carton tous les soirs. Une véritable amitié était née entre eux ; ils se marraient, discutaient de jazz, répétaient les standards que le guitariste leur apprenait et parlaient beaucoup des États-Unis d'Amérique que l'un comme l'autre voulaient connaître.

Lazlo les revoit aussi nager, sauter dans les vagues, jouer au foot sur la plage, s'enterrer sous le sable. Il pense aux nuits passées à regarder la Voie lactée, nommer les constellations, guetter une étoile filante.

Gabor n'avait de cesse de lui parler de New York et de lui faire part de son envie d'y aller :

les gros cachets dans les clubs de jazz, les *bœufs* sans fin, les chanteuses noires aux voix rauques, tout l'attirait là-bas.

— Tout est possible à New York, disait-il. Les gars jouent même sur des pianos à queue. En plus du cachet que leur donne le club, ils passent un chapeau dans la salle. En deux soirs, tu peux gagner de quoi t'acheter un costume ! Et puis, là-bas, pas de roulotte. Tu dors à l'hôtel, dans des draps propres, tous les soirs !

Au fil des jours, leurs discussions étaient devenues plus concrètes et les deux amis avaient commencé à en parler sérieusement ; là-bas, ils pourraient se produire dans les clubs de la ville et peut-être connaître le succès. Ils imaginaient déjà les affiches frappées de leurs noms, les concerts à guichets fermés, la fortune, et même la gloire.

Ces discussions n'étaient pas sans rappeler à Lazlo celles qu'il avait, à l'époque, avec Mina, quand ils projetaient d'y aller ensemble. L'Amérique, la statue de la Liberté, les gratte-ciel. New York était plus qu'un projet pour eux deux, c'était devenu un mythe. Mais après la mort de Mina, Lazlo y avait renoncé. La douleur de son absence et le deuil l'empêchaient d'avancer. Aussi, le fait de pouvoir partager à nouveau ce fantasme avec Gabor avait été une joie qui lui avait redonné la force d'y croire, même sans Mina. Ce serait, pensait-il, une façon de réaliser leur rêve et d'honorer sa mémoire.

Mais Gabor a disparu sans un mot. Lazlo l'a cherché partout, dans le camp, sur la plage, toute la journée ; il a attendu qu'il vienne jouer le soir sur la place avant d'admettre qu'il était effectivement parti. Gabor lui avait bien confié qu'il était prêt à s'en aller coûte que coûte et que, si l'occasion se présentait, il décamperait dans la minute, par le premier bateau possible. Mais jamais Lazlo n'aurait pensé que son ami puisse le faire sans prendre le temps de le prévenir.

Encore une fois, il se retrouve seul et abandonné, comme orphelin de cette amitié fulgurante. Il se sent trahi et l'intensité de sa colère est à la mesure de ses sentiments. Lui qui n'avait plus touché un verre de vodka depuis son arrivée aux Saintes boit le soir même jusqu'à tomber raide et sombre ensuite dans une déprime profonde. Après deux jours, les musiciens du camp viennent le chercher.

— Allez mon gars. Viens taquiner les cordes !

— Oui, Laz ! Viens. On a besoin de toi pour ce soir.

— On n'a pas assez de violons.

À cinq, ils ont eu raison de son état de prostration et de ses refus répétés. Lazlo s'est rendu et a repris son instrument. Rapidement, il enchaîne les airs et les chansons, mais son cœur reste silencieux. La fougue et le plaisir n'y sont plus. Il exécute par habitude des mélodies qu'il connaît par cœur. Les notes se suivent, mécaniques. Ses doigts tricotent et son archet s'affaire. Il joue sans envie.

La musique lui procure toutefois une forme d'apaisement. Elle lui offre un espace où son esprit et son cœur sont moins agités, une sorte de repos. Seules certaines mélodies le touchent. Les airs tristes, évidemment, qui ressuscitent les souvenirs. Mina. Nathanaël. Et Gabor à présent. Les fantômes se réveillent au son des notes et quand ils sont là, impossible de les chasser. Lazlo attend son premier verre de vodka pour tenter de les faire disparaître.

La chanson la plus triste est *Papirosen*. Dans un long vibrato, la mélodie pleure et ses accords s'étirent comme des sanglots. Lazlo vient de décider de ne plus jamais la jouer.

Lorsque les festivités du pèlerinage ont touché à leur fin, Lazlo a quitté les Saintes avec Chavo et les autres. Il s'est laissé porter par le clan qui prenait la direction du nord et s'arrêtait un temps à Lyon. Afin de rapporter sa part à la communauté, Lazlo continue à jouer tous les jours, mais sans entrain ni envie. Il pourrait être ici ou ailleurs, il s'en moque.

Il a mal. Mina. Nathanaël. Gabor. Il a mal – c'est tout ce qu'il peut sentir –, mal de devoir à nouveau éprouver l'absence de quelqu'un. Et rien n'apaise sa douleur. La vieille peine a repris ses quartiers. Lazlo s'efforce de ne pas y penser et tâche de s'en éloigner pour ne pas la réveiller.

Tous les jours, il passe néanmoins devant la réclame de la Compagnie générale transatlantique française qui fait la publicité de la traversée du Havre jusqu'aux États-Unis. Le billet doit être hors de prix, sans doute des milliers de francs. À lui seul, il ne pourra pas réunir cette somme avant des mois, et il ne sait même pas s'il a encore envie de faire ce voyage, maintenant qu'il est seul. « Un rêve se vit à deux », pense-t-il.

Il tâche donc d'ignorer l'affiche mais quelque chose dans son ventre se noue chaque fois qu'il l'aperçoit. Elle lui vante un départ vers une autre vie devenue impossible. Un rêve déchu.

19

Nature morte aux légumes d'hiver. Lucie crayonne au pastel sur une large feuille de papier. Deux pommes de terre au premier plan, une série de carottes, quelques navets, un long poireau, un chou posé sur une assiette ébréchée aux motifs bleus. L'ensemble de ce sujet bon marché est disposé devant le rebord de la fenêtre.

La lumière morne de l'après-midi tombe sur les légumes, éteignant leurs couleurs. Baignés dans le gris de l'hiver, ils perdent leurs aspérités et leur relief.

Assise sur une chaise pliante, Lucie esquisse de larges traits. Ses yeux effectuent de rapides va-et-vient entre la scène et le papier. Les formes naissent, les couleurs s'organisent. Elle aime la tension, la rapidité, aller vite pour rendre l'atmosphère de la scène en quelques instants. Croquer ne lui demande pas la même énergie que lorsqu'elle peint à l'huile, un exercice plus long qui s'élabore par petites touches.

La concentration amène la paix. Ne penser à rien d'autre qu'au trait sur le papier, à la ligne juste, à la couleur.

Quand elle rentre de la Défense et qu'elle ne tombe pas dans des siestes sans fin, elle se met souvent à dessiner ou à peindre pour se retrouver dans le geste. Une heure, deux heures, trois heures peuvent passer ainsi. Elle est silencieuse et seul le son du crayon sur le papier ou celui de la brosse sur la toile résonne dans la chambre de bonne.

Aujourd'hui, elle peine sur cette nature morte hivernale qu'elle voudrait offrir à Bulle. Elle fait une pause et se prépare un café en pensant au violon. À son retour de Lyon trois semaines plus tôt, elle l'a déposé sans attendre à l'adresse indiquée par sa grand-mère, rue de Rome. Elle est sans nouvelles depuis et devrait relancer le luthier, mais le type ne lui a pas plu. Un homme taciturne au visage fermé qui l'a prise de haut et a tout juste regardé l'instrument. Elle a peur de l'appeler et redoute de ne pas trouver les mots ni le ton adéquats pour se faire respecter. Elle déteste ces relations dans lesquelles elle se sent humiliée d'entrée de jeu et n'arrive pas à s'imposer. Dans ces situations, elle déplore son manque d'à-propos et de force ; elle se sent petite et impuissante, comme un scarabée renversé sur le dos dont les pattes s'agitent en l'air.

Et puis la suffisance de ce type l'a exaspérée. Elle aimerait pourtant connaître l'origine du violon, indépendamment de la somme qu'il pourrait rapporter. Il a été le sujet de tant de railleries dans sa famille. Elle entend encore son père lors d'un déjeuner dominical : « Le soi-disant violon signé de bon papa ! Ce n'est pas avec lui qu'on aurait pu se payer la maison ! » Et sa tante de renchérir : « Oui, c'est une jolie fable ! Mais tu sais bien ! Ça fait tellement plaisir à maman ! » Et tout le monde de rire en chœur.

Personne n'a jamais cru à l'origine du violon de son arrière-grand-père, ni à l'histoire que ce dernier racontait. Il l'aurait acquis dans la rue, au coin d'un troquet au bas de la Croix-Rousse, à moins que ça ne soit derrière la place des Terreaux, lors de ses premières années en tant que soliste à l'orchestre de l'Opéra de Lyon, auprès d'un grand violoniste français ou américain – sur ce point, les versions diffèrent selon les membres de la famille qui relatent l'histoire. Son aïeul se vantait de l'avoir finalement payé peu cher pour un instrument signé et répétait souvent que depuis qu'il en avait joué pour la première fois, ce violon était devenu la voix de son âme.

Les parents de Lucie ont toujours considéré cette histoire comme une anecdote plaisante, une légende comme il y en a dans toutes les familles. Lucie, en revanche, comme Bulle, veut y croire, même si elle craint que le verdict du luthier ne vienne donner raison aux plaisanteries de son père.

Elle contemple la nature morte qu'elle n'arrive pas à achever. Ce n'est pas ça. Cela ne correspond pas à ce qu'elle avait en tête. Elle voulait des lignes précises, une composition qui frappe l'œil immédiatement, des couleurs subtiles. Elle sait ce qu'elle veut, mais ne l'atteint pas. Frustration. Abandon.

Elle attrape son téléphone. Appeler Baptiste ? Envoyer un SMS à Fanny ? Demander à Greg s'il a un plan ce soir ? Sortir pour quitter ce face-à-face avec la feuille de papier et échapper à l'échec.

Du bruit. Des rires. Des verres. De l'oubli.

Lucie sait qu'elle ne devrait pas ; elle va encore dépenser son argent dans les bars, se coucher tard sans manger et se réveiller épuisée demain pour affronter une journée longue et triste au rez-de-chaussée de cette tour funeste à la Défense.

Elle se connaît et ne peut ignorer sa stratégie d'évitement. Elle sait que sortir est pour elle une façon de fuir et d'échapper à sa peur de ne pas y arriver. Elle sait aussi ce qu'elle comble avec l'alcool et le regard des autres : ce terrible manque de confiance en elle qui l'empêche de se réaliser vraiment.

Mais les SMS sont partis, la machine est lancée. Dans quelques minutes, les réponses arriveront et elle pourra sortir pour s'enfuir.

20

Désormais, Aure occupe toutes les pensées de Charles, comme aucune femme ne l'a jamais fait jusqu'alors. Elle habite ses nuits et ses jours, à l'instar de la musique dans le passé. Elle s'est confondue avec elle au point qu'Aure et la musique ne font plus qu'un dans l'esprit du jeune homme.

Leur rencontre à l'issue de la master class qu'elle a donnée au conservatoire de Paris a été bien au-delà de ce que Charles avait envisagé. Il garde en mémoire sa stupéfaction quand il a entendu sa voix pour la première fois. Grave et rauque, presque cassée, elle ne correspondait pas à ce qu'il avait imaginé. Elle aurait pu appartenir à une patronne de bistrot ou à une marchande sur un champ de foire ; elle contrastait tant avec le corps menu et les gestes délicats d'Aure.

— Oui, bien sûr, je serais ravie de vous en parler, a-t-elle répondu à Charles quand ce dernier lui a demandé une entrevue au sujet de son « violon de cœur », comme elle l'appelait dans l'interview.

Ensemble, ils ont descendu les marches usées du bâtiment et se sont rendus dans un café à l'angle de la rue de Madrid.

— Je suis un passionné de musique, a avoué Charles d'entrée de jeu. J'ai commencé une petite collection de mandolines il y a presque six ans, mais je m'intéresse aussi aux violons. Depuis peu, je dois dire.

— C'est passionnant. Des mandolines d'époque ?

— Oui, et de tous pays. Très récemment, j'ai également commencé des recherches sur les violons anciens, raison pour laquelle je me permets de vous prendre un peu de votre temps. Je sais qu'il est précieux, j'en manque moi-même cruellement.

— Vous travaillez dans quel secteur ?

— Fusion-acquisition. Je vis entre New York et Paris, ce qui me donne l'occasion de me rendre à de nombreux de concerts.

— Quelle chance !

— Oui, et c'est d'ailleurs en allant à Strasbourg pour régler une affaire que je vous ai entendue jouer pour la première fois. C'était il y a un an.

Aure fronce les sourcils en cherchant le souvenir de ce concert.

— Vous aviez joué en deuxième partie le *Concerto en mi mineur* de Mendelssohn, ajoute Charles.

Tout à coup, le visage d'Aure s'éclaire.

— Ah oui ! Je m'en souviens maintenant. Mon Dieu, qu'il faisait froid dans cette immense cathédrale…

— Je me souviens surtout des bancs en bois, très durs et assez inconfortables.

Charles rit. Sa retenue habituelle paraît l'avoir quitté. La présence d'Aure, la douceur de ses traits et de son regard le mettent à l'aise.

Ils parlent longuement. Charles s'exprime calmement comme il en a l'habitude, mais ses phrases sont moins tranchantes et moins froides que celles qu'il assène dans les négociations qu'il mène.

Aure semble prendre autant de plaisir que lui à leur discussion. Si elle prête attention à ses recherches sur les instruments anciens, elle lui pose aussi beaucoup de questions sur sa vie et sa passion pour la musique. Légèrement désorienté, Charles tente de recentrer la conversation pour l'interroger sur le violon et en vient à évoquer l'article découvert sur le blog musical.

Aure semble soudain mal à l'aise et perd ses mots. « La timidité, pense-t-il : c'est sûrement trop intime, je n'aurais pas dû. » Il n'insiste pas et la laisse parler du répertoire qu'elle explore actuellement. Elle se montre alors intarissable, détaillant les œuvres qu'elle aime avant de l'interroger sur ses compositeurs favoris, ses découvertes musicales, les interprètes qu'il estime, ceux qu'il préfère. Elle veut aussi connaître son opinion sur leurs interprétations de tel ou tel morceau et écoute attentivement ses analyses.

— Votre avis compte pour moi, lui dit-elle. C'est si rare de pouvoir partager ce genre de choses avec quelqu'un qui ne fait pas partie de mon environnement professionnel.

Charles a l'impression qu'elle consigne mentalement tout ce qu'il lui dit. Il est heureux de voir que leurs goûts convergent. Tous deux aiment le début du XXe siècle. Debussy, Ravel, De Falla, Stravinsky…

Pendant qu'elle parle, elle passe et repasse une main dans ses cheveux ou bien joue avec une mèche qu'elle enroule et déroule. Si Charles n'est pas très fort pour draguer, il pense y voir un signe de séduction de sa part, bien qu'il sache combien ce genre de raisonnement peut être erroné.

« Je dois lui plaire, pense-t-il, sinon elle aurait déjà écourté notre entrevue. »

Les heures passent à toute vitesse et jamais la conversation ne s'interrompt, ils vont ensemble d'un sujet à l'autre. Après trois cafés et thés respectifs, ils admettent à contrecœur qu'il est tard et qu'ils doivent mettre fin à ce moment pourtant très agréable. Des réunions, un rendez-vous, chacun a ses obligations.

Sans hésiter, ils échangent leurs numéros de téléphone et adresses mail et se quittent devant le café, comme on se saluerait sur le perron d'une maison. Avec retenue. Au revoir / Au revoir / À bientôt / Avec plaisir / Faites-moi signe / Je n'y manquerai pas.

Une succession de mots qui tournent ensuite en boucle comme une petite musique dans la tête de Charles.

Aure est une jeune concertiste, elle joue souvent en province, parfois en Europe de l'Est.

Elle n'a pas encore d'agent et se déplace au gré des propositions. Elle lui a confié travailler d'arrache-pied pour présenter les concours des orchestres philarmoniques qui offrent des places de soliste. « J'ai encore cette ambition », a-t-elle avoué à Charles. Elle sait qu'elle est déjà un peu âgée, mais elle ne veut pas avoir de regrets. « Si je n'essaye pas maintenant, il sera trop tard. » Faire carrière est difficile, surtout en France où les diplômes et les cursus sont primordiaux et prévalent sur l'expérience ou les chemins de traverse. Mais elle ne lâchera pas, lui a-t-elle affirmé avec une détermination qui l'a séduit un peu plus.

Très vite après leur rencontre, ils ont commencé à s'écrire des messages et des mails, et à poursuivre ainsi leur conversation.

« Pensées pour vous ce soir à Zagreb. J'aimerais vous entendre jouer Schubert. Ne prenez pas l'andantino trop vite ! »

« Épuisée. Deux bis. Je crois que c'était un succès. Merci pour vos pensées. Les miennes en retour vers New York où vous devez être sous la neige. »

« Chère Aure,

Je vous ai fait envoyer au conservatoire une version du *Concerto à la mémoire d'un ange* de Berg par Louis Krasner en 1936. Une merveille !

Je vous espère au mieux.

À vous,

Charles »

« Cher Charles,

Merci infiniment. J'ai adoré cette interprétation de Berg. Pensez-vous que je doive ajouter la pièce au programme du récital de Vienne ? Je n'ose pas la jouer. Je la trouve difficile.

J'espère avoir la chance de vous revoir prochainement.

Bien à vous,

Aure »

En attendant de la retrouver, Charles poursuit ses recherches. Il consacre chaque moment disponible à avancer sur son sujet mais il lui faudrait missionner quelqu'un pour aller plus vite et pouvoir commencer à acheter les violons du maître italien. Cette envie a mûri jusqu'à apparaître comme une évidence quand il a découvert qu'il existait une série de pièces exceptionnelles signées du luthier le plus talentueux de l'atelier. Il a décidé de réunir ces instruments particuliers et de les acheter à un prix raisonnable avant que leur cote ne grimpe.

L'idée de chercher dans chaque violon la marque apposée par l'artisan à l'insu de son patron et peut-être de faire ainsi une découverte dans le monde fermé de la lutherie le motive autant que les deals dont il a l'habitude. Plus encore peut-être, car cette fois, il s'agit d'un sujet qui touche à sa passion. De quelle nature pourrait être cette marque ? S'agirait-il des initiales de l'auteur ? D'une croix ? D'un symbole ?

Lors de son dernier séjour à Brescia, Charles a longuement discuté avec le luthier Parata, le frère de Loredana. Francesco lui a confirmé que de nombreux artisans avaient un système de notation personnel, une inscription ou un signe quelconque qui pouvait se trouver dans le fond du violon, sous la table, sur les contre-éclisses. Certains ouvriers distinguent ainsi leurs réalisations sans en avertir leur patron et les marquent d'un poinçon secret. Francesco lui a aussi parlé de l'existence de signatures involontaires, c'est-à-dire des tics ou des marottes que peuvent avoir les artisans, qui laissent ainsi sans s'en rendre compte une empreinte sur les instruments. Cette dernière permet d'identifier les créations sorties de leurs mains, mais elle offre également aux faussaires intelligents la possibilité de reproduire fidèlement cette griffe cachée.

Charles a fait vérifier ces éléments par Nancy auprès de plusieurs spécialistes et l'information est tout à fait avérée. Mais il doute parfois et se demande alors si l'histoire qu'il a découverte dans les archives de Brescia n'est pas tout simplement loufoque. Comment croire que personne n'ait jamais eu connaissance de l'existence d'une série de violons exceptionnels sortis de cet atelier pourtant réputé ? Ni même qu'aucun expert de la profession ne se soit penché sur ces certifications avec plus d'assiduité ? Se pourrait-il qu'il soit, lui, à l'origine d'une telle trouvaille ? En même temps, force lui est d'admettre que ces pièces n'intéressent pas les spécialistes, et ce depuis de longues années. Sa théorie pourrait donc tenir. Et dans ce cas, la perspective de posséder prochainement ces instruments pour les étudier de près pourrait s'avérer plus importante qu'il ne pensait.

Francesco Parata lui a également dit avoir récemment acheté un endoscope, une minuscule caméra de quelques millimètres, qui lui permet de vérifier l'intérieur des violons sur lesquels il travaille. Charles s'est empressé de passer commande du même outil sur un site Internet chinois pour quelques dizaines d'euros seulement ; il lui tarde de pouvoir s'en servir pour explorer à son tour les instruments et y chercher une marque. Il a déjà pu mettre la main sur deux modèles certifiés et en a trouvé un dernier toujours en cours d'authentification. Ils doivent passer en vente dans les semaines qui viennent et, si Charles parvient à les acquérir, il pourra les examiner et tâcher d'y trouver une signature cachée.

Toutes ces recherches ont pris le tour d'une véritable enquête et occupent son esprit presque autant que la violoniste rencontrée à Strasbourg. Depuis leur entrevue rue de Madrid, il suit avec plus d'attention encore son actualité ainsi que les dates et les lieux des concerts qu'elle donne. Hélas, aucun ne coïncide avec son emploi du temps. Saint-Brieuc, Monte-Carlo, Colmar... Rien ne fonctionne. Son agenda est chargé et il ne peut s'échapper vers des villes de province qui requièrent chaque fois des trajets trop longs ou trop compliqués. Il guette donc les retransmissions, rares, de ses prestations, et espère trouver rapidement une possibilité de l'écouter jouer et de la revoir.

Cela ne l'empêche pas de songer à elle sans cesse. Il doit d'ailleurs souvent se retenir de lui écrire. Chaque sujet lui donne envie de partager avec elle son opinion ou d'écouter son avis, mais quand ce désir le gagne, il s'en veut et se reprend. Il se trouve excessif et enfantin. Comment peut-il être obsédé par une femme qu'il connaît si peu ? Et à quoi bon ?

Les réunions, *conference calls* et déjeuners sont autant de moments pendant lesquels Charles s'interdit de penser à Aure pour se concentrer sur ses affaires, mais en vain. Il cesse alors par moments de lutter et s'autorise à laisser aller ses pensées. Il l'imagine se lever, prendre son petit déjeuner, partir pour une nouvelle ville, se préparer pour son prochain concert, répéter puis s'habiller. Que va-t-elle porter ? De quelle humeur est-elle ?

Quand il l'a vue, il l'a tout de suite trouvée belle. Et leur premier entretien lui a révélé la force d'un sentiment qu'il n'avait pas le souvenir d'avoir éprouvé à ce point : le désir. Il a tout de suite voulu la toucher, serrer son corps contre le sien, connaître son odeur. Charles comprend mal cette pulsion, presque animale, trouve-t-il, car c'est la première fois qu'il ressent cela. Avec elle, il découvre l'obsession et le manque. Penser sans répit à quelqu'un, ne vouloir que le retrouver, attendre ses messages avec impatience, sentir un creux dans le ventre quand le téléphone reste silencieux trop longtemps. Il se sent dépassé lorsque ces vagues de désir et de peur le gagnent mais il y prend aussi un certain plaisir.

À deux reprises, Nancy l'a surpris en pleine rêverie.

La première fois, elle a toussé fort et a reposé sa question pour le tirer de ses pensées. La seconde fois, elle a carrément dû hausser la voix pour qu'il l'entende alors qu'il était en train d'imaginer sa prochaine rencontre avec Aure, les yeux fixés sur un point quelque part sur le sol du bureau.

Confus, il s'est redressé d'un coup. Il lui a semblé que Nancy lui souriait. Se pourrait-il qu'elle devine ses pensées ? Il s'est senti percé à jour.

Lui-même a dû se rendre à l'évidence : depuis plusieurs semaines, il est différent, étrange, et chaque jour un peu plus. Il n'aime pas perdre le contrôle de son esprit, c'est dangereux, surtout dans son métier. Il voit bien qu'il n'est pas toujours présent à ce qu'il fait et redoute que ces absences ne finissent par nuire à son travail. Il s'en inquiète et redouble de vigilance.

Serait-ce donc cela, l'amour ? La perte de maîtrise de soi ? Une forme de dépossession ? C'est terrible et délicieux, irrépressible, et cela ressemble fortement à ce qu'il a pu lire dans les romans ou voir dans les films. Après de longues réflexions, Charles finit par l'admettre : il est sans doute amoureux. Il se rend compte que tout ce qu'il avait pu prendre pour de l'amour par le passé, avec Mélanie notamment, n'avait rien à voir avec ce qu'il ressent à présent.

Tout l'impatiente, tout le fait bouillonner, il se sent comme fou. Ses nuits sont courtes et remplies de rêves qu'Aure ne quitte pas et qui se superposent les uns aux autres. Lorsqu'il pense à leur prochaine rencontre, il projette différents scénarios. Dans une loge à Paris ? Un salon de thé à Vienne ? Dans le foyer du Royal Opera House à Covent Garden ? Dans chacun, il est élégant, un gentleman anglais. Il s'imagine alors lui avouer ses sentiments, jouer enfin cartes sur table, lui dévoiler l'origine de son projet de collection de violons et lui faire part de ses découvertes récentes. Elle serait fascinée par son histoire. Elle lui poserait des questions et l'écouterait, passionnée. Il songe ensuite à leur premier baiser, pense à ses lèvres, à sa peau.

Entre deux réunions ou lorsqu'il attend un appel, Charles consulte les ventes d'instruments dans le monde. Il balaye les sites Internet et écrit aux luthiers susceptibles de posséder des violons à vendre. Nancy assure ensuite le suivi.

Il est en tension permanente. S'il est heureux de mener un projet vraiment personnel, sans objectifs chiffrés ni financiers, il n'en est pas moins nerveux tant il espère réussir. L'attente lui coûte cher, bien plus cher que ce que l'argent peut acheter.

21

— *Pezzo di merda !*

Un rabot fend l'air et s'écrase dans un bruit sourd sur le plancher du grenier.

— Stefano ! Ça suffit maintenant. Tu vas arrêter de jurer et de jeter les outils dès qu'il y a quelque chose qui ne va pas comme tu veux. Tu vas finir par les casser ! Et ça n'avance à rien.

Stefano souffle. Ses deux mains serrent la planche de l'établi.

— Je n'y arrive pas. C'est trop dur et j'en ai assez de rater.

— Commence par te calmer. Quel sens de l'exagération ! Tu ne rates pas tout, voyons. Est-ce que je dois te montrer le dernier manche que tu as réalisé ? Tu l'as oublié ? Allez, va, c'est normal, tu apprends et apprendre, c'est rater mille fois avant de réussir.

— Oui, admet le garçon, en desserrant les mains. Mais tu comprends, je visualise la table finie quand je suis en train de raboter. Je sais quelle forme elle doit prendre, je vois quelle courbe elle doit suivre, et puis tac, ça dérape. Ma main ne va pas là où il faut.

— Un jour, tu réaliseras parfaitement les tables. Mais ce jour-là, tu seras furieux de ne pas réussir les éclisses. Allez, ne souffle pas comme ça. Écoute-moi. On apprend durant toute sa vie. Et quand on cesse d'apprendre, on s'ennuie. Regarde-moi, je n'apprends plus et je m'ennuie.

Stefano redresse la tête et se tourne vers Giuseppe. Il reste silencieux un instant. Il cherche ses mots :

— C'est vrai que depuis l'accident, tu as l'air triste. Enfin, la semaine, à l'atelier, parce que quand on est ici tous les deux, tu parais plus heureux. Mais le reste du temps tu n'es pas gai à voir…

Giuseppe acquiesce.

Quand il retrouve son grenier, l'artisan éprouve un certain apaisement. Alors que les tavernes sont pleines et que les buveurs titubent dans les rues, il reste perché au dernier étage, protégé. Reclus là-haut, il se sent en paix, et quand les dimanches Brescia s'agite, que les rues bourdonnent et que les habitants déambulent en savourant de petits *castagnacci*, il demeure caché sous les toits. Il apprécie le calme de sa retraite, loin des visages connus et des conversations inutiles, libre de faire ce qu'il aime.

En dix ans, il a transformé le grenier au-dessus de sa chambre et y a installé un établi, des tabourets, des étagères. Bénéficiant de bonnes relations avec les marchands qui passent chez Maggini, il a négocié et acheté d'excellents outils. Il a aussi rapporté discrètement des planches et des morceaux de bois récupérés à la réserve. S'il s'est souvent senti coupable de ces larcins quotidiens, depuis l'accident il les considère comme un dû, le remboursement de la dette insolvable que Maggini a contractée envers lui en lui faisant perdre l'usage de sa main.

Les premières semaines après le drame, c'est dans cet atelier secret que Giuseppe s'est réfugié pour exercer sa main meurtrie. Il la sortait du gant de cuir dans lequel elle était protégée, puis tentait de la faire bouger, de tenir des objets, des bouts de bois, des outils légers. C'est aussi ici qu'il a admis un soir qu'elle ne lui permettrait plus d'exercer son art. Et c'est là que Stefano le rejoint pour parfaire son apprentissage du métier de luthier.

— Tu vois, mon garçon, il faut être exigeant. Il faut continuer à te perfectionner. Tu as une envie, c'est bien, mais ne t'arrête pas en chemin. Si tu acquiers la patience et que tu ne te décourages pas, si tu allies l'exigence au courage, tu feras des merveilles.

— Tu parles comme si tu allais mourir, Peppo !

— Mais pas du tout, je ne vais pas mourir ! Qu'est-ce que tu racontes ? s'exclame Giuseppe avant d'aller ramasser le rabot resté au sol.

Stefano regarde trembler la flamme de la chandelle. La cire forme de grosses larmes qui coulent du côté droit de la bougie.

— Et comment fais-tu pour ne pas perdre courage, Peppo ?

Silence.

— Tu regardes ce que tu aimes, ce que tu aimes faire, ce qui te rend heureux, tu ressens cette joie et tu la laisses te remplir. Parfois cela prend du temps. Longtemps. Parfois tu crois qu'elle ne reviendra pas mais elle finit toujours par reparaître.

Giuseppe parle lentement, calmement.

— D'accord, merci Peppo. Mais moi, ce soir, je n'ai pas le courage de faire une nouvelle table. J'en ai assez, je reprendrai demain.

Stefano se lève et commence à ranger. C'est un jeune homme. Presque quinze ans. S'il a conservé sa silhouette petite et trapue, ses membres se sont développés et des boucles rousses cachent désormais ses yeux bleus pleins de malice.

Au début, Giuseppe s'est étonné quand Stefano lui a demandé de lui enseigner le métier. Il a accepté un peu lâchement, ne sachant comment refuser et ne croyant pas à l'assiduité de ce garçon qu'il pensait agité, étourdi et dispersé. Mais Stefano revenait sans cesse à l'atelier. Petit, il avait commencé par fabriquer des jouets en bois, puis des volutes et des chevilles. Souvent, il ne parvenait pas à rester en place plus d'une heure, sautant de sa chaise dès que la patience lui manquait, courant pour aller jouer dans la rue ; Giuseppe l'avait remouché plus d'une fois.

Pourtant, au fil du temps, il avait découvert la pugnacité de son jeune apprenti. Il avait vu son talent se déployer et constaté les progrès qu'il faisait chaque semaine. À présent, il le connaît mieux et mesure la passion qui l'habite. D'ailleurs, depuis plusieurs mois, Stefano est ponctuel, observateur, concentré et déterminé. Il est de ceux que rien n'arrêtera et pour qui tout est possible, pense Giuseppe.

Il l'observe en train de travailler ; ses gestes sont sûrs et précis. Il sait qu'un jour le garçon ouvrira son atelier et qu'il réussira. Après tout, à quoi tient le succès, si ce n'est à la conviction que tout se réalisera selon vos souhaits ? Il faut certes du talent, mais aussi la volonté d'y arriver et une sorte de foi en soi.

Giuseppe regarde Stefano et l'imagine avec fierté dans dix ans, grand luthier de Lombardie.

Le garçon balaye le sol. Une poussière fine vole autour de ses pieds, on dirait qu'il flotte sur un nuage. Les essences de bois imprègnent l'atelier d'une odeur balsamique. Efficace, Stefano va vite, pousse un tas de copeaux dans la pelle, le jette dans le poêle, puis pose le balai derrière la porte. Il est sur le point de partir quand Giueseppe l'appelle :

— Attends un instant. Viens là ! Assieds-toi et reprends la table.

Stefano pousse un soupir d'exaspération, s'apprête à refuser mais Giuseppe le coupe net et répète, presque dur :

— Reprends la table.

Stefano obéit et s'assied. Giuseppe tire un tabouret à côté de lui. De la main droite, il caresse la table, l'ausculte, cherche ses rondeurs, guette un renflement, une tumeur, une excroissance. Il trouve, s'arrête, repasse la main. Il prend alors celle de Stefano et la cale sous la sienne. Il répète le geste qu'il vient de faire. Il l'accompagne et parcourt la table du violon, doucement.

— Là, tu sens que le bois est plus gras à cet endroit ? Tu sens ce renflement qui brise la courbe ?

Stefano lui a abandonné son bras et se laisse guider sur la surface de la table en se concentrant. Giuseppe conduit la main de l'apprenti, exagérant volontairement à l'endroit visé pour que le garçon le sente.

— Ça y est ! Je l'ai ! J'ai senti, s'exclame Stefano.

— Tu vois, ton coup de rabot est parti trop fort sur la droite. Mais tu peux reprendre la courbe. Ce ne sera pas ce que tu avais voulu au départ, mais tu peux essayer, on verra bien ce que ça va donner. Parfois on a des surprises ! Tu sais, il m'est arrivé de faire des choses magnifiques en voulant corriger une erreur !

Stefano s'empare du rabot. Son geste est arrêté par le gant de cuir de Giuseppe.

— Attends. Prends-en un plus petit. Celui-là. La « noisette ».

Giuseppe pose à nouveau sa main sur celle de Stefano. Cherchant l'angle, il appuie légèrement le rabot pour attaquer la partie bombée.

— Pense à être léger, à ne pas attaquer trop vite. Tu as le temps, laisse tes doigts écouter le bois.

Les mains passent et repassent. Légères. Le duo travaille la table de l'instrument et enlève à chaque passage une fine couche superflue jusqu'à ce que leur geste s'interrompe, lorsque plus rien ne dépasse de la courbe parfaite.

Stefano jubile :

— C'est fantastique ! Merci, Peppo ! Tu as sauvé ma table ! Jamais je n'aurais pensé pouvoir le faire.

Giuseppe sourit.

— Le secret, c'est la lenteur. La douceur. C'est la même chose avec les femmes, ajoute-t-il avec un clin d'œil. Garde ça dans un coin de ta tête : il ne faut jamais aller trop vite.

Encore poudré, le bois paraît laiteux sous la lumière de la flamme. Stefano lisse la table claire et la soulève pour mieux l'observer.

Il mesure alors tout le chemin qu'il lui reste à parcourir avant d'arriver à exercer cet art. Et une fois luthier, combien d'années seront-elles encore nécessaires pour atteindre le niveau d'excellence de Giuseppe ? D'ailleurs, l'atteindra-t-il un jour ? Il l'espère, mais il doute d'avoir la légitimité d'y prétendre. Après tout, cela fait peu de temps qu'il apprend auprès du vieil artisan, et a-t-il seulement le talent requis ?

Ces réflexions viennent ternir la joie que lui avait donnée la pièce finalisée quelques minutes plus tôt. Un voile grave est maintenant retombé sur son visage.

22

— Holà, Laz ! Viens par ici. Viens t'asseoir un instant, mon garçon.

Chavo interpelle Lazlo qui rentre de sa tournée dans le quartier Saint-Jean. Il est accroupi sur un rondin de bois, au ras du sol, les jambes écartées devant le feu qu'il tisonne avec un bout de fer.

Lazlo s'approche, nonchalant, sa boîte à violon au bout du bras. Il a gagné en assurance et marche désormais comme un homme.

— Salut le vieux !

Il attrape un tabouret et s'assied près du feu.

— Comment ça va ?

Chavo jette dans le foyer une poignée de brindilles qui s'enflamment et crépitent. Le feu éclaire les roulottes alentour. Quelque part dans le camp un bébé pleure, une mère crie après ses enfants pour qu'ils aillent se coucher, le vent apporte le bruit sourd des moteurs de voitures qui passent sur la route menant à la ville.

— J'ai les jambes en compote, soupire Chavo. Le grand âge, que veux-tu, dit-il en attrapant une tasse du café bouilli qu'il boit à longueur de temps. Et toi ? Bonne journée ?

— Pas mal. On a fait un peu d'oseille. Presque cinq mille francs en trois heures. Un type nous a demandé de jouer samedi soir chez Abel, le restaurant rue Mercière. Cachet assuré.

— C'est bien. C'est bien. On peut dire que tu en fais bon usage de ce violon, dit-il en regardant la boîte posée à côté de Lazlo. Au fait, est-ce que je t'ai déjà raconté son histoire ?

— Toi, non, mais Nathanaël oui, il y a longtemps. Je me rappelle d'Azlan et d'une partie de cartes.

— C'est bien ça ! répond Chavo. C'est une longue histoire que je connais bien. Ton oncle la racontait chaque fois qu'il avait un coup dans le nez, c'est dire si on l'a entendue... Azlan, c'est l'arrière-grand-père de ton oncle, donc ton arrière-arrière-grand-oncle ou quelque chose comme ça. Bref, peu importe, puisque ton oncle ne l'a pas connu. Tout ce qu'il savait de lui, ce sont les anciens qui le lui ont raconté. Alors, Azlan c'était un bon vivant, un noceur, comme on dit. Tu vois, le genre de type qui court les filles, qui est de toutes les fêtes, le gars qui met l'ambiance partout où il va. Il aimait tellement les femmes qu'il n'a jamais pu se marier. Il était plutôt marié à la bouteille. Il tenait l'alcool comme personne et il pouvait boire des litres de gnole sans tomber. Une force de la nature. D'ailleurs, il a vécu jusqu'à quatre-vingt-cinq piges ! Un sacré bonhomme.

Chavo sourit.

— Le problème, c'est qu'Azlan avait la passion du jeu. Une passion folle. Le grand-père de ton oncle, le fils d'Azlan…

Chavo s'interrompt.

— Tu me suis, Laz ?

Lazlo lève la tête.

— Oui, oui.

— Donc son fils racontait que pour pouvoir continuer à jouer, il était capable de miser tout ce qu'il avait, son chien, son cheval, sa *vagi*, son chapeau, ses chaussures, tout !

» À cette époque-là on pariait aux cartes, mais c'étaient des jeux qu'on ne connaît plus maintenant. Le pharaon, le biribi, la martingale, la cavagnole. Des vrais jeux de hasard où tu doublais la mise à chaque fin de partie et où les paris pouvaient atteindre des sommets. Des jeux d'endurance et de patience, pas comme ceux d'aujourd'hui où l'on repart à zéro à tous les coups.

» Je ne crois pas qu'Azlan était tricheur ; je pense plutôt qu'il était sacrément chanceux, le gars. Il faisait confiance au destin et il a gagné toute sa vie. Il a connu des hauts et des bas, des très hauts et des très bas, mais il a bien fini. Enfin, ni plus ni moins, parce que c'est vrai qu'hormis ce violon, il n'a rien laissé.

Chavo marque une pause et boit une nouvelle gorgée.

— Et donc ce violon, c'est drôle tu vois, parce que justement, il a beaucoup joué avec. Mais pas comme toi. Il l'a misé aux cartes et aux dés. Plusieurs fois.

» Il l'a d'abord troqué en Italie, pas très loin des lacs, dans le nord du pays. À cette époque, les tziganes aimaient faire du commerce dans ce coin-là. On y va moins maintenant, le boulot est moins bon et les gens sont méfiants et durs en affaires. Mais autrefois, Azlan était souvent fourré là-bas et il a donc obtenu le biniou en contrepartie d'une cargaison de bois qu'il n'arrivait pas à écouler. Un matos précieux pour fabriquer des meubles luxueux, des coffres, des secrétaires, ce genre de trucs pour riches. L'aïeul a dû se dire qu'il valait mieux posséder un violon de valeur qu'un chargement de bois et il s'est débarrassé de son barda en échange.

» Et donc, on raconte qu'un soir Azlan a perdu toute sa mise à la cavagnole. Il s'était fait plumer par son adversaire de la tête aux pieds ! Il n'avait plus un sou en poche, le pauvre vieux !

» Or c'est ce soir-là qu'il a joué le biniou pour la première fois. Ce n'était pas évident ! Il n'y avait pas écrit son prix dessus, tu penses bien ! On dit même qu'il a dû faire venir le gars qui lui avait troqué l'instrument pour qu'il confirme sa valeur. Le type qui fabriquait les violons est donc venu dans le tripot et a garanti qu'il valait bien 20 000 paquets. Des florins, pas des francs.

» Une fois cela fait, voilà que le vieil Azlan mise le violon et rejoue tout. Tout ! Comme ça ! Il n'a plus rien et il met tout ce qui lui reste sur le tapis ! Sauf que cette fois-là il rafle la mise et récupère l'intégralité de ce qu'il avait perdu. Une vraie chance de cocu, l'aïeul ! Enfin, il n'a jamais été marié, s'esclaffe Chavo, hilare.

Lazlo l'écoute, ravi. Il connaît l'histoire du violon pour l'avoir entendu raconter par Nathanaël quand il était petit mais il se régale de l'entendre à nouveau. C'est une façon de faire revivre son oncle parmi eux, de retrouver sa présence et de se rapprocher un peu plus de Chavo. Certes, il a gagné sa place dans la communauté grâce à son talent de musicien, mais il sait que le vieux l'a beaucoup appuyé. Depuis, on le demande pour toutes les fêtes importantes, on parle de lui ; plus que toléré, il est désormais respecté. Il a toujours une place à table quand il rentre, les femmes lavent son linge et il a même pu s'installer dans une petite roulotte que Chavo a fait retaper pour lui. Cette reconnaissance lui apporte le confort qu'il avait connu du temps de Nathanaël. Elle adoucit sa vie, mais seulement en apparence, car peu importent l'estime, le respect, les succès, Lazlo traîne toujours sa peine. L'ombre de ceux qu'il a aimés plane encore au-dessus de lui, et avec elle celle du rêve perdu du départ pour l'Amérique.

Chavo poursuit son récit et arrive au moment où Azlan mise le violon pour la deuxième fois. Le filou avait alors passé deux jours à faire la noce dans une maison close en buvant sans s'arrêter. Il était sorti de là sans le sou et couvert de dettes, en laissant le violon à la patronne en guise de paiement. Une fois dessoûlé, il avait repris ses esprits et supplié la tenancière de lui rendre l'instrument pour la soirée, le temps de se refaire aux dés. Et de nouveau, miracle, en cinq parties, il avait plumé son adversaire et doublé ses gains ! Il avait alors réglé ses dettes et s'était ensuite empressé de quitter les lieux, le violon sous le bras.

Chavo rit tout seul en évoquant la folie de l'aïeul, enchanté par le panache du personnage : le don Quichotte du jeu et des femmes.

Lazlo se demande quelle est la part de vérité et de légende dans l'histoire d'Azlan et du violon. Le vieux l'aurait joué pour la troisième et dernière fois afin de se sortir d'une sale affaire avec son acolyte Goran. Les deux lascars avaient voulu entourlouper des gars de Salamanque en leur refourguant une cargaison de gnole de mauvaise qualité. Après avoir découvert l'arnaque, les Espagnols les avaient coincés dans une ruelle près d'une taverne, avaient récupéré leur argent et s'apprêtaient à leur faire la peau quand Azlan leur avait suggéré de régler tout ça aux cartes, « à l'honneur ». N'ayant plus rien en poche, il avait joué le violon, et là, en trois manches, avait récupéré l'instrument encore une fois, avant de s'enfuir avec Goran.

« Jamais deux sans trois ! » s'exclame Chavo en claquant sa main sur sa cuisse. Après ce dernier coup de chance, le pauvre Azlan avait perdu l'usage de ses jambes à la suite d'une chute sur la glace où il s'était rompu le dos. C'en était fini pour lui des jeux de hasard et des parties enfiévrées.

— Il faut une fin à tout, conclut Chavo. Le plus drôle dans tout ça, c'est que le vieil Azlan n'a jamais joué de ce violon. Et pourtant, il l'a gardé plus de la moitié de sa vie !

Lazlo écoute la chute avec plaisir. Il observe Chavo fourrager dans les braises pour relancer le feu et le surprend alors en train de jeter un regard sur sa boîte à violon. Cela fait des semaines qu'il ne joue plus au camp mais il sent que ce soir un peu de musique ferait plaisir à Chavo. Et il a envie de le remercier d'avoir fait revivre cette histoire.

— Allez ! Un p'tit air pour finir la soirée, lance-t-il en calant rapidement son violon entre le menton et l'épaule.

Tumbalalaika.

Les notes sautillent, joyeuses. Elles rebondissent les unes après les autres, se cognent et s'éloignent pour mieux se retrouver. Aimantées.

Pirouettes. Galipettes. Grand écart.

Lazlo s'amuse. Il en rajoute. Il pense à son oncle, à son rire, à ses blagues, à sa trogne édentée. Dieu qu'il aimait Nathanaël !

En quelques accords, il finit la mélodie, et incline la tête vers le feu en guise de salut.

— Merci Laz ! Toujours chouette de t'entendre ! Bon, dis-moi, t'as prévu quoi dans les temps qui viennent ? Tu vas te décider à partir à New York ?

— C'est toujours mon rêve… Mais tout seul, ça n'a plus de sens pour moi.

— Mais t'es doué, mon Laz, t'as du talent, tu réussirais là-bas, c'est certain ! C'est stupide de te gâcher et de finir ici sans avoir réalisé ton rêve. Les voyages aussi loin, c'est pas pour moi, mais toi, oui ! T'es jeune ! Faut foncer, mon gars !

— Mais t'es drôle, toi ! J'ai pas l'oseille pour payer le voyage, le billet coûte une fortune et même en faisant des dizaines de mariages et de soirées, j'en ai pour près d'un an avant de réunir l'argent. Si d'ici là les prix n'ont pas doublé... Et tu connais mon talent pour vendre la came, ajoute Lazlo, ironique.

— Et le violon ? T'as pensé à le vendre ? Il vaut cher, tu sais !

— Ça jamais, jamais je le vendrai. Ce violon, c'est tout ce qu'il me reste.

— Comme tu veux, mon gars. Tu sais que t'es ici chez toi et je ne peux pas t'obliger à t'en aller, mais tu devrais réfléchir. Gabor est bien parti à New York, lui. Faut avancer, mon gars. Qu'est-ce qui te reste quand t'es clamsé ? Rien ! J'te le dis ! On brûle ta verdine et ton barda, on t'enterre et puis c'est tout ! Franchement, Laz, quand on est jeune et qu'on a du talent, faut foncer, faut vivre.

— T'as sans doute raison, mais je ne peux pas vendre le violon. Et puis vraiment, partir tout seul là-bas, ça ne me dit plus rien.

Chavo hausse les épaules, comme pour dire qu'il n'en croit pas un mot.

— Allez, c'est l'heure, bonne nuit, Laz, lance-t-il en reprenant son ton de patriarche.

Sans un regard, il se lève et s'en va.

— Bonne nuit, Chavo. Et merci pour l'histoire !

23

Le pub est bondé. Les corps se pressent, serrés sous le plafond bas strié de poutres sombres.

Boire une bière ici relève de l'exploit. Accéder au bar, capter le regard du serveur, hurler sa commande, payer, récupérer son verre ou ses verres – car la coutume veut que celui qui parvient au comptoir prenne aussi ceux des autres –, s'écarter pour boire avant de revenir quelques dizaines de minutes plus tard pour recommencer. Lucie connaît la danse.

Installée au bout du comptoir, adossée contre le mur, elle observe la scène à l'écart de la foule.

Le serveur a remarqué qu'elle n'était pas anglaise. Il ne semble pas insensible à son charme et lui demande régulièrement « *Another one ?* ». Elle a commandé une « *half pint* », en désignant un petit verre. Le serveur a paru surpris : ici, tout le monde boit des pintes, et plutôt plusieurs qu'une seule.

Il est 20 heures ; elle choisit une deuxième bière au hasard parmi les huit variétés disponibles à la pression. Elle n'aime pas beaucoup cet alcool, mais elle trouve la bière anglaise plutôt bonne. Surtout avec des chips au vinaigre. Elle en a dévoré deux paquets qui traînent à présent, vides, sur le comptoir devant elle.

Elle accuse le coup. Elle a quitté son bureau cet après-midi et couru jusqu'à la gare du Nord pour attraper l'Eurostar de 15 h 50. C'est la première fois qu'elle va à Londres et c'est aussi la première fois qu'elle voyage seule hors de France. Elle a fanfaronné l'autre soir devant Greg et Baptiste, mais elle n'en mène pas large. L'idée de venir seule ici l'inquiète depuis le début et a sans doute participé au fait qu'elle ait tant repoussé le voyage.

Elle se demandait si elle allait savoir se repérer, si elle arriverait à temps à ses rendez-vous, si elle réussirait à trouver l'endroit où elle allait dormir. Emprunter le tunnel sous la Manche était aussi une source d'appréhension. Quand elle est arrivée à Saint-Pancras, elle était anxieuse et un peu fébrile. Elle a eu du mal à trouver l'entrée du métro et à acheter une Oyster Card pour voyager ; avec son anglais épouvantable, elle ne comprenait pas l'employée qui lui parlait derrière la vitre du guichet. Le métro de Londres lui paraît angoissant ; il est très différent de celui de Paris et elle s'y sent un peu perdue. Les couloirs n'en finissent pas, les escaliers mécaniques, vertigineux, plongent très loin dans les entrailles de la ville, les plateformes, communes à plusieurs directions, accueillent des trains de diverses lignes.

Elle est sortie à Green Park pour prendre le bus numéro 14 – un bus rouge à deux étages comme ceux qui figurent sur les cartes postales – et a fini le trajet à pied, au pas de course, jusqu'à Sloane Avenue, son plan déplié claquant dans le vent. Elle est ainsi arrivée chez Hodgkins sans avoir eu le temps de se recoiffer, le cœur battant, les joues rouges, la bouche sèche.

Il est 18 h 30. Elle est pile à l'heure pour le rendez-vous qu'elle a réussi à obtenir auprès de cet éminent luthier de Londres, spécialiste du XVIIe siècle. En effet, Mermez, son confrère parisien à qui elle a laissé le violon pendant plusieurs semaines, s'est finalement déclaré dans l'incapacité de se prononcer sur l'origine de l'instrument. Il a justifié sa position en expliquant que cette facture avait sans nul doute été la plus copiée de l'histoire de la lutherie ; certains faussaires allant jusqu'à créer de faux trous de vers qu'ils comblaient ensuite scrupuleusement pour imiter des bois anciens. « Même des maîtres de renom, comme l'Anglais Fendt ou le Français Vuillaume, ont copié ces violons », a ajouté Mermez en affirmant donc ne pas pouvoir expertiser celui de Lucie. Il lui a alors donné l'adresse de Hodgkins à Londres. « Il pourra peut-être vous renseigner », lui a-t-il dit.

Lucie a donc décidé d'utiliser la petite enveloppe que lui avait donnée Bulle pour acheter un billet de train et faire le trajet outre-Manche, mais elle a beaucoup tardé. Non seulement Mermez, à Paris, a mis des semaines à lui répondre, mais cela fait deux mois qu'il lui a recommandé d'aller à Londres. Encore une fois, elle a laissé traîner l'affaire. Entre le boulot, les soirées et son histoire compliquée avec Baptiste, elle n'a pas vu le temps passer. Surtout, et comme toujours, elle s'est perdue dans l'organisation de ce voyage qui l'angoissait, repoussant chaque jour la prise du rendez-vous et l'achat de son billet, et ce en dépit des nombreux messages que Bulle lui laissait en lui demandant où elle en était de ses démarches. À présent, elle regrette mais elle essaye de se rassurer en se disant qu'elle y est enfin et qu'elle va pouvoir se rattraper.

À 18 h 31, la porte du bureau s'ouvre sur un homme grand et fin aux cheveux blancs peignés en arrière.

— Mademoiselle Vilar, je présume ?

Surprise de l'entendre parler dans sa langue, Lucie acquiesce et rassemble ses affaires avant de pénétrer dans une pièce qui lui semble immense.

Hodgkins s'exprime en français avec un accent charmant. Il parle lentement, choisissant chaque mot avec soin, comme s'il composait un poème. Il évoque Paris et l'époque où il s'y rendait régulièrement, visiblement avec plaisir. Puis il s'assied derrière un large bureau recouvert de feutre tout en lui désignant un fauteuil en velours vert bouteille.

— Prenez place, je vous en prie. Alors, que puis-je faire pour vous ?

Lucie est soulagée de pouvoir s'exprimer en français. Elle n'a pas besoin de la feuille qu'elle tient à la main et sur laquelle sont rédigées en anglais son entrée en matière et ses questions. Elle avait jusqu'à présent échangé par mail avec Hodgkins et avait pour cela demandé de l'aide à l'assistante du président de sa boîte, une fille très sympa qui a vécu à Londres pendant cinq ans et qui parle couramment anglais. Charlotte l'a aidée à rédiger les questions qu'elle doit poser et lui a expliqué les trajets qu'elle aura à faire à l'aide d'un plan de métro. C'est d'ailleurs chez l'un de ses amis que Lucie dormira ce soir. La générosité de certaines personnes continue de l'étonner.

Délicatement, Lucie pose la boîte sur le bureau.

— Voilà le violon de mon arrière-grand-père. Comme je vous l'ai expliqué dans mes messages, selon lui, c'est un instrument de maître ; il porte une étiquette mais il n'a pas de certificat et la signature a été jugée apocryphe. Il est resté cinquante ans dans une armoire chez ma grand-mère et elle voudrait le faire expertiser pour le vendre. Je l'ai apporté chez Mermez à Paris mais il n'a pas su se prononcer. C'est lui qui m'a donné votre adresse en me disant que vous connaissiez bien les violons de cette époque.

Le luthier dissimule un léger sourire.

— Oui, je connais ce type de situation. Parfois, certains de mes confrères n'aiment pas entrer dans les histoires familiales. Ils préfèrent nous laisser, outre-Manche, la difficile tâche d'annoncer une mauvaise nouvelle et de tuer le mythe familial en dévoilant que la valeur de l'instrument est « bidon ».

Il dit ce dernier mot en appuyant sur les syllabes.

— Vous voulez dire que c'est un faux ! s'exclame la jeune fille.

— Non, je n'ai pas dit cela. Je dis juste que c'est une fâcheuse habitude.

Lucie déglutit, repasse les points qu'elle doit aborder et poursuit :

— Bon, j'ai plusieurs questions. Pouvez-vous expertiser ce violon ? Combien de temps vous faut-il ? Votre secrétaire m'a communiqué vos tarifs, mais est-ce que le certificat d'authenticité représente un coût supplémentaire ?

Hodgkins semble amusé. Il n'a pas l'habitude de recevoir des Françaises, et encore moins des femmes d'allure aussi juvénile.

Il se redresse dans son fauteuil, se penche vers le bureau et attire à lui l'étui en cuir marron, égratigné aux angles. Il ouvre les clapets d'un geste sûr. Un. Deux. Trois. Ils émettent un son métallique qui claque dans l'atmosphère feutrée du bureau.

Hodgkins scrute longuement l'instrument. Silence. Soudain, il ouvre son tiroir et en sort une chamoisine et un compte-fils. À l'aide du tissu jaune et duveteux, il attrape le manche et brandit le violon à la lumière de la lampe. Il le tourne et le retourne. Doucement. Il inspecte certaines partie derrière la loupe du compte-fils.

Lucie peut voir la couleur rouge vibrer et évoluer du brun à l'orangé sous les feux des ampoules. Elle est soudain saisie par la beauté de l'instrument.

Après quelques minutes, Hodgkins le repose délicatement dans sa boîte. Il s'éclaircit la voix et regarde Lucie droit dans les yeux.

— Cela ne sera pas simple, dit-il en pesant ses mots. L'instrument est très abîmé. Il est attaqué par les vers. Il semble aussi avoir subi plusieurs réparations au fil des années. Mon travail va consister à les dater et à tâcher d'évaluer de quelle façon elles ont modifié la structure d'origine, poursuit-il. Il faut faire cela avant de pouvoir estimer l'ensemble.

Lucie reste muette, sans trop comprendre ce qu'il veut dire.

— Voyez. Regardez ce manche par exemple, dit Hodgkins en tournant l'étui vers elle. Il est postérieur à la table et il a été réparé à deux endroits.

Le luthier indique avec précision deux emplacements à l'aide d'un coupe-papier en argent.

— Vu l'état de l'instrument, je vais devoir faire appel à notre laboratoire spécialisé en dendrochronologie.

Devant l'air interrogatif de Lucie, Hodgkins s'explique :

— Il s'agit de l'analyse de la morphologie de la croissance d'un arbre qui permet de connaître précisément son année de coupe, mais également son origine. En effet, le climat a une influence importante sur la pousse d'un arbre et cette science nous permet par exemple d'identifier un bois provenant des Alpes ou de Rhénanie. Donc si l'une des pièces d'un instrument est faite d'un bois plus récent ou d'une autre origine que celle de sa signature, alors son attribution est contestable.

» C'est une technique particulièrement efficace. Nous pourrons ainsi être renseignés de façon certaine sur l'auteur ou les auteurs de ce violon. Il va falloir que je le garde quatre ou cinq semaines avant de pouvoir me prononcer sur son origine véritable. S'il s'agit bien d'une pièce signée, je pourrai ensuite établir un certificat d'authenticité. Mais cet acte a un coût, 2 000 livres environ.

— Quatre à cinq semaines ! Mais c'est trop long ! réagit Lucie, sans entendre le prix annoncé par le luthier.

— Malheureusement, je regrette de ne pouvoir aller plus vite. Nous avons beaucoup de demandes et nous les traitons dans leur ordre d'arrivée.

— Vous ne pouvez vraiment pas faire une exception ? demande-t-elle.

— Non, et croyez bien que je le regrette sincèrement, mademoiselle. Et il faudra aussi me dire si vous pouvez payer les 2 000 livres nécessaires pour le certificat.

— Oui, je peux, enfin, ma grand-mère peut, balbutie Lucie. Mais est-ce que vous avez une idée du prix auquel on pourrait le vendre si c'est un violon authentifié ? poursuit-elle.

— Malheureusement, je crains que non. Ce n'est pas si facile. Le prix d'achat dépend de l'offre et de la demande au moment de la vente, mais aussi de l'état de l'instrument. Pour l'instant, il est trop tôt pour vous assurer quoi que ce soit. Encore moins vous donner une évaluation de sa valeur. On a vu des violons en état d'être joués atteindre des montants très élevés, 40 000 livres, et d'autres partir pour des sommes ridicules, quelques centaines seulement. Et celui-ci est très abîmé. Tout dépendra des résultats de l'expertise, mais avec un peu de chance, il est possible de le vendre aux enchères et de trouver un collectionneur qui voudra peut-être l'acheter.

La boîte se referme sur l'instrument.

— C'est d'accord, dit fermement Lucie. Je vous le laisse, mais si vous aviez une petite chance de pouvoir aller plus vite, ce serait super, conclut-elle.

Cet Anglais lui plaît, il lui semble professionnel et fiable. Confiante, elle signe le formulaire de dépôt et s'apprête à partir.

Hodgkins se lève, réajuste sa veste de tweed et la raccompagne à la porte. Encombrée par ses sacs, son blouson et son écharpe, Lucie a du mal à libérer une main pour le saluer.

— Ma secrétaire vous appellera pour vous faire part des résultats. Profitez de votre séjour à Londres, lui dit-il gentiment.

— Merci ! Vous aussi, répond-elle, distraitement.

Lucie se retrouve plantée sur le perron de l'immeuble victorien et se sent désorientée dans cette ville qu'elle ne connaît pas. Il est tout juste 19 heures et elle n'a rendez-vous qu'à 20 h 30. Elle sort son plan et regarde comment rejoindre Pelham Street. Charlotte lui a expliqué que l'adresse du luthier était proche de celle de son ami et qu'elle pouvait donc s'y rendre à pied. Prendre à droite ? À gauche ? Elle a toujours été nulle en orientation.

Au hasard, elle part à droite et marche jusqu'à la première intersection. Coup de chance, c'est la bonne direction ! Dix minutes plus tard, elle est arrivée en bas de l'appartement où elle logera ce soir. Un pub se trouve à l'angle de la rue et elle décide de s'y installer jusqu'à l'heure du rendez-vous.

— *Please have another one.*

Le serveur derrière le bar lui tend une pinte.

— *It's on the house*, précise-t-il.

Lucie comprend qu'il lui offre une bière et le remercie, gênée. Crâne rasé, marcel blanc, léopard tatoué dans le cou, le jeune homme est un cliché de la jeunesse anglaise. Le pub s'est rempli depuis le début de la soirée. Les visages rougissent, les voix s'amplifient, les rires fusent et la température grimpe. Près d'elle, un groupe de quinquagénaires en costumes trinquent et rigolent, cravates dénouées et cols de chemise ouverts. À côté, deux étudiantes en robes noires décolletées entretiennent une conversation animée. Elles sont maquillées comme des portraits de Picasso, se dit Lucie. Plus loin, près de la porte d'entrée, trois types jouent aux fléchettes.

On est vendredi soir. L'ambiance est à la fête.

Pourtant, seule dans ce bar, Lucie se sent envahie par une tristesse immense. Les larmes affluent et deux grosses perles roulent bientôt sur ses joues. Mouchoir, vite. Ce soir, plus que jamais, elle se sent seule et si peu solide.

Quand elle regarde sa vie, elle n'entrevoit pas la fin des galères, qu'elles soient sentimentales, professionnelles ou financières. Bulle a beau lui faire confiance, Lucie peine à croire qu'elle arrivera un jour à monter son exposition ou à rencontrer enfin un garçon un tant soit peu attentionné. Elle ne voit pas de raison de se réjouir ni d'espérer. Tout lui semble dur, aride.

Elle se culpabilise aussi d'avoir tant attendu pour venir à Londres. Elle n'imaginait pas que l'expertise du luthier demanderait quatre à cinq semaines. Plus elle y pense et plus elle réalise combien elle a eu tort de différer ce voyage. Bulle n'est pas éternelle et ces derniers temps elle n'est pas en forme. Elle répète en riant que c'est la perspective du vernissage de sa petite-fille qui lui donne l'énergie de tenir, mais Lucie s'inquiète depuis plusieurs mois d'une possible maladie.

Bulle lui a fait confiance, mais voilà où elle en est ce soir : nulle part et bien loin d'envisager un vernissage. Sans expertise, pas de vente ; sans argent, pas de tableaux ; et sans toiles à montrer, pas d'exposition, ni de vernissage !

Lucie sait qu'elle a perdu un temps précieux et pour de mauvaises raisons : son boulot n'a rien d'intéressant, Baptiste est vraisemblablement un tocard et ses soirées sont toujours identiques.

« Avec moi c'est toujours pareil, pense-t-elle, je ne fais jamais bien les choses. »

Sauf que cette fois, Bulle lui a offert la possibilité de réaliser son rêve, qu'elle compte sur elle et surtout qu'elle croit en elle.

Et si son état de santé se dégradait ? s'inquiète-t-elle. Et si elle devait mourir avant la vente du violon ?

24

Il est 20 heures. Les applaudissements s'arrêtent. Après deux rappels et une reprise de la *Partita 3* de J.-S. Bach, la soliste quitte la scène. La salle semble se réveiller et sortir de l'état dans lequel la musique l'a plongée.

Charles tient un énorme bouquet de roses à la main. Il les a choisies cet après-midi chez un fleuriste de la rue Le Bastard, à côté du Parlement de Bretagne où a lieu le concert que donne Aure Van der Eyssel ce samedi de mars. Ce sont des roses anciennes, blanches et rose pâle, d'une beauté qu'il estime à la mesure de la femme à qui elles sont destinées.

Charles est fébrile. Arrivé de Paris en début d'après-midi, il a eu le temps de s'installer à l'hôtel de Nemours situé non loin de la gare et de marcher un peu dans la ville pour préparer son rendez-vous.

Rennes, samedi 26 mars. La date de ce concert est inscrite depuis plusieurs semaines dans son agenda. Il a organisé un déplacement à Paris les jours précédents et a pu se libérer pour le week-end. Cela fait près de cinq mois qu'il n'a pas vu Aure. Il a hâte de l'avoir enfin en face de lui.

En attendant le concert, il est allé chez Rozell, une crêperie cachée au fond de la cour d'une maison à colombages dans une ruelle pavée de la vieille ville. Là, il a dégusté de délicieuses galettes de blé noir accompagnées d'une bolée de cidre brut.

De ses voyages en Italie du Nord, Charles a gardé le goût de la cuisine locale et des adresses secrètes. Il a pris l'habitude de consulter des guides spécialisés ou de demander conseil aux gens du coin. Il a aussi découvert les sites Internet de « passionnés du goût » et les consulte souvent pour étoffer son carnet d'adresses. Fini les restaurants branchés, la cuisine minimaliste, les assiettes muséales dans lesquelles se perdent des émulsions vaporeuses et des légumes *al dente*. Oubliées aussi les tables alignées au cordeau, les chaises au design épuré et les serveuses à la taille mannequin.

Charles se régale dans les bistrots, les pizzerias, les brasseries, les bouchons, les crêperies... Chaque déplacement est l'occasion d'une réjouissance gastronomique, d'une rencontre éventuelle avec un patron ou un serveur du coin capable de lui conseiller d'autres adresses cachées de la ville où il se trouve. Avec l'exigence qui le caractérise, il se donne à fond pour ce qui commence à devenir une nouvelle passion.

Étonnamment, Charles n'a pas pris un gramme depuis ce changement d'habitudes. Peut-être que le plaisir qu'il y prend lui fait brûler les calories supplémentaires. Peu lui importe. De toute façon, il ne s'est jamais senti aussi vivant que depuis qu'il a commencé à s'autoriser ces moments à lui et à prendre le temps de vivre. Malgré tout, il travaille toujours aussi intensément, mais il apprend désormais à lier plaisir et travail et s'en félicite. Mieux encore, il se rend compte que les moments consacrés à savourer un repas lui sont profitables. À deux reprises, une idée brillante lui est venue alors qu'il était en train de déguster un plat et il en a déduit que le fait de vivre l'instant présent s'avérait bénéfique.

Le concert s'est achevé tôt. Charles attend nerveusement dans le couloir. Avant le voyage, Nancy s'est chargée d'écrire au responsable de la programmation du Parlement de Bretagne pour l'informer que Charles arrivait de New York spécialement pour applaudir Aure et qu'il souhaitait déposer en personne des fleurs pour la féliciter. L'employé municipal s'est réjoui de la venue d'un admirateur si lointain et a fait le nécessaire pour lui donner accès à la loge de la violoniste.

À présent, Charles a les mains moites et la gorge sèche. Il entend son cœur battre, il a chaud, mais il ne peut plus reculer. Le couloir est gris, mal éclairé, le sol recouvert d'un vieux linoléum crisse sous ses pieds. L'endroit n'a rien d'accueillant ou de romantique. Les anciens bureaux servent désormais de loges pour les artistes. Il se demande lequel accueille la femme qu'il s'apprête à revoir, enfin, dans quelques minutes.

Il a quinze ans à nouveau. La même peur au ventre. Il repense à Rebecca dont il était amoureux au lycée. Il était en terminale mais il avait deux ans d'avance, paraissait encore petit, chétif, par rapport à ses camarades. Elle était blonde, déjà femme, « solaire », pensait-il quand il la voyait. Le jour de la Saint-Valentin, prenant son courage à deux mains, il lui avait offert une rose. Incrédule, elle l'avait regardé en hésitant, semblant le voir pour la première fois. Après un instant, elle s'était saisie de la fleur, l'avait remercié en murmurant et s'était éloignée à grandes enjambées, dissimulant la rose contre sa jambe. Après cet épisode, elle l'avait évité systématiquement, prenant soin de ne pas croiser son regard, puis en juin, les résultats du bac, le début des vacances et surtout l'annonce de son départ pour Paris l'avaient définitivement éloignée.

Sur la gauche, une porte s'ouvre soudain et éclaire le couloir d'un halo de lumière. Une silhouette de femme paraît dans le contre-jour, la lumière dessinant d'un trait sûr les courbes de son corps. Fine, elle n'en semble pas moins élancée. « Enfin », pense Charles.

Après avoir marqué une pause, sans doute pour s'habituer à la pénombre du couloir, la jeune femme s'écrie :

— Charles. On vient de me dire que vous étiez là ! Quelle surprise ! Je suis ravie de vous voir. Entrez ! Mais vous auriez dû me prévenir !

Charles s'avance. Le bouquet lui semble soudain lourd, ses pieds collent au linoléum, les semelles de ses chaussures grincent et l'embarrassent, sa gorge est plus sèche encore. Il se reprend et s'éclaircit la voix.

— Bonsoir Aure.

Elle est devant lui. Il hésite. L'embrasser ? Lui serrer la main ? Ce quart de seconde le met plus mal à l'aise qu'il ne l'était déjà. C'est elle qui choisit et lui tend la main. Elle est douce et tiède, fine et légère. Il la serre mais déjà elle est partie. Il aurait voulu la retenir.

Il la suit dans la pièce et tous deux entrent dans la lumière. La loge est installée dans un ancien bureau. Au sol, une moquette marron en damier ; collée contre le mur, une table recouverte d'un tissu blanc ; un miroir, un tube de rouge à lèvres Chanel et des partitions y sont posés.

— Je vous en prie, asseyez-vous, dit-elle en désignant un fauteuil fatigué.

Charles lui tend les fleurs avant de s'exécuter.

— Elles sont magnifiques. Merci Charles !

Les joues roses de plaisir, elle saisit le bouquet.

— Je vous en prie. Elles sont loin d'être aussi belles que la musique que vous avez jouée. C'était merveilleux. Votre interprétation de la *Tzigane* de Ravel m'a littéralement emporté.

Aure rougit, se penche maladroitement vers les fleurs.

— *Don't make me blush !* répond-elle, avant de lancer la conversation sur un autre sujet.

Vous arrivez de New York, m'a dit monsieur Roux, dit-elle en relevant les yeux.

— Oui, effectivement. Mais vous savez, j'ai l'habitude de ces allers-retours !

Charles reprend confiance et se redresse. Il a retrouvé sa voix et son assurance. Il la regarde à présent et prend le temps de la détailler. Ses boucles brunes ondulent autour de son visage, ses yeux couleur noisette sont légèrement bridés, ses lèvres charnues contrastent avec son nez fin. Il la trouve plus belle encore que dans son souvenir. Il l'observe poser les roses sur la table quand tout à coup, à côté d'elle, il aperçoit le violon. Rangé dans son étui, il lui paraît plus petit qu'il ne l'imaginait. En le voyant, il pense à toutes les recherches et les découvertes qu'il a faites ces dernières semaines et, sans plus hésiter, il se lance :

— Il faut que je vous raconte quelque chose, Aure.

— Oui, bien sûr. De quoi s'agit-il ? demande-t-elle, intriguée.

— Comme je vous l'ai dit, depuis des années je cours les plus grands concerts et les plus beaux opéras, je collectionne les versions avec rigueur, j'écoute leurs différentes interprétations. Mais vous êtes la première musicienne à m'avoir fait ressentir une émotion d'une telle intensité que je peine à trouver le mot juste pour la décrire.

Aure rougit à nouveau et le remercie.

— Je suis très flattée, très honorée, mais je ne mérite certainement pas ces compliments.

Charles l'interrompt.

— Je vous assure, j'ai eu cette révélation au concert de Strasbourg. Je n'avais pas ressenti un tel frisson depuis des années, depuis ma découverte de la musique à vrai dire. Votre interprétation m'a subjugué, emporté comme je ne l'avais pas été depuis mes vingt ans. Je n'ai cessé de penser à vous depuis. J'ai acheté vos disques, bien évidemment, les deux, puis j'ai lu tout ce que j'ai pu trouver sur votre parcours, poursuit Charles.

— C'est flatteur, mais comme je suis encore au début de ma carrière, vous n'avez pas dû trouver grand-chose, dit-elle en riant.

— Suffisamment pour découvrir que vous entreteniez une relation très particulière avec votre instrument, un violon signé, et pas de la main de n'importe qui, mais de celle d'un des grands noms de la lutherie italienne du XVIIe siècle : le maître Maggini ! Tout cela m'a intrigué. Je m'intéresse aux instruments anciens depuis longtemps mais je ne m'étais encore jamais plongé dans l'univers des violons. J'ai donc eu envie d'en savoir plus.

Charles s'avance au bord du fauteuil et se penche légèrement en avant. Il attend un peu avant de reprendre en la regardant droit dans les yeux :

— Quand je vous ai lue, ces violons m'ont paru vraiment particuliers, et effectivement ils le sont ! Car j'ai mené des recherches sur le sujet. Et elles se sont avérées passionnantes ! Je me suis rendu à Brescia, la ville d'origine de

Maggini. Je vous épargne toutes les démarches que j'y ai faites ; je vous les raconterai à l'occasion si cela vous intéresse. Ce qui importe, c'est que j'ai retrouvé la correspondance du maître ! Son courrier, ses factures, ses écrits ! Il a fallu traduire son vieil italien et, avant cela, déchiffrer son écriture mais nous y sommes parvenus.

Charles s'interrompt encore. Aure est suspendue à ses mots.

— J'ai ainsi découvert l'existence d'un artisan talentueux qui aurait été le meilleur luthier de l'atelier de Maggini et aurait mis en place une codification secrète pour marquer les violons qu'il réalisait. Je ne sais pas encore de quelle façon il les signait mais je me suis renseigné auprès de plusieurs experts pour connaître les usages de l'époque et les possibilités : il peut s'agir d'une croix, d'une étoile ou d'initiales, marquées à chaud dans le bois. Cela va demander du temps, vous vous en doutez. Il va falloir retrouver les pièces prétendument sorties de cet atelier, les inspecter et chercher cette marque, sous la table, près du tasseau, sur une contre-éclisse… où sais-je encore ! J'ai acheté un endoscope et je vais pouvoir examiner moi-même l'intérieur des instruments. Ce qui est incroyablement excitant c'est que, d'après mes recherches, les violons de ce fameux artisan auraient été les meilleurs de l'atelier. Ce sont eux qui auraient fait son succès. Personne jusqu'à présent ne s'est jamais penché sur ce fait et aucun expert ne semble s'y être intéressé. Le travail d'un ouvrier précis n'est généralement pas identifié, surtout quand il s'agit de violons anciens. Mais ce sont donc ceux-là que je cherche à présent ! Pour vous les offrir. Pour que vous puissiez jouer sur les meilleurs ! Il vous les faut.

À ces mots, Aure se raidit soudain avant d'articuler d'une voix étrangement aiguë :

— Comment ça ? Je ne comprends pas. Ceux-là qu'il me faut ? Que voulez-vous dire ?

Charles s'exclame :

— Eh bien oui ! Il vous faut les meilleurs violons signés Maggini, peut-être même *le* meilleur Maggini, pour votre carrière, votre musique surtout. Votre musique qui me bouleverse tant. Votre talent.

Charles perd ses mots, il ne regarde plus Aure. Il sait qu'il est temps de se jeter à l'eau.

— Voilà, j'ai identifié trois Maggini. Authentifiés et certifiés. Ils passent en vente dans les semaines qui viennent et je vais les acheter. Dès que je les aurai, je pourrai les examiner pour savoir s'ils sont marqués ou non. Et j'ai espoir qu'au moins l'un d'eux soit des mains de cet artisan de génie et qu'il soit donc fait pour vous !

Il parle à présent fort et vite, enthousiasmé par ces futures acquisitions. Il ne se reconnaît plus et ajoute en se levant :

— D'ailleurs, il faudrait regarder votre violon ! Le vôtre, Aure ! Je n'y avais pas pensé mais peut-être qu'il porte lui-même une marque ! Et puis, il y a tellement de faux, même de très bonnes copies, qui circulent. J'ai appris par exemple au cours de toutes mes recherches que les véritables Maggini portent des étiquettes signées mais sans date. C'est une de leurs spécificités. À cette époque, il n'était pas d'usage de dater, mais de nombreux faussaires n'ont pas respecté cette particularité. Regardons déjà l'étiquette du vôtre, dit-il en tendant sa main vers la table pour saisir l'instrument.

— Mais... mais... Non, ce n'est pas nécessaire. Vraiment non, répond Aure en se levant pour aller refermer la boîte d'un geste maladroit.

Charles la regarde, surpris.

— Je ne comprends pas, vous jouez de cet instrument et vous ne voulez pas savoir s'il est authentique ni s'il fait partie des meilleurs violons de l'atelier ?

Paniquée, Aure cherche fébrilement son téléphone portable, une main toujours posée sur l'étui, son regard se dérobant.

— Comprenez-moi, je veux acheter ces Maggini pour les examiner, découvrir s'ils ont été marqués par le meilleur artisan de l'atelier, et je veux vous les offrir, insiste encore Charles.

Aure trouve enfin son téléphone sous les partitions éparpillées sur la table.

— Je vais... je vais... Je ne crois pas que ce soit une bonne idée...

Ses mains tremblent.

— Mais Aure, cela me fait plaisir !

— Charles, je vous assure. Il ne faut pas...

Sa voix se brise, elle s'agite devant la table, rangeant les partitions, cherchant à présent son sac tandis que, à court d'arguments, Charles répète à nouveau :

— Si vous pouviez jouer sur le meilleur violon, ne serait-ce pas magnifique ? Pour vous ? Pour la musique ?

Aure le regarde enfin avant de quitter brusquement la pièce en laissant la porte ouverte. Il entend ses pas s'éloigner rapidement, puis plus rien d'autre que le bruit d'une porte à battant fendant l'air à plusieurs reprises avant de se taire.

Charles est abasourdi. Il regarde la chaise vide en face de lui sans comprendre. Que vient-il de se passer ?

Il s'approche de la table. Le violon est là. À portée de la main. Il ouvre la boîte, saisit le manche et le soulève dans la lumière. L'instrument est magnifique. Les nervures de l'érable brillent et renvoient des feux orangés. Charles le fait tourner sous la lampe puis l'approche pour le regarder de plus près. Il aperçoit très nettement une étiquette contre la table et la déchiffre aisément : Ernst Heinrich Roth II, 1958.

Un violon allemand.

25

Enfoui sous les draps, Giuseppe souffle une buée blanche dans l'air glacial de la chambre. Il a le nez congestionné et sent le froid le transpercer malgré les nombreuses couvertures qui le protègent.

Ces dernières semaines, il s'est senti affaibli. Ses réveils sont difficiles et il peine à se lever. Il est épuisé dès le matin ; une douleur sourde, indistincte, s'est déclarée dans le bas de son ventre. Elle le surprend parfois la nuit, parfois le jour, comme un coup puissant qui ébranle son corps. Souvent, il doit s'asseoir ou s'appuyer contre un mur le temps de la laisser passer.

Depuis quelques jours, il a des accès de fièvre, il mange moins. Hier, il a dû percer un cran supplémentaire sur sa ceinture pour la raccourcir. Le cuir était dur, il a fallu forcer.

Aujourd'hui, dimanche, il n'a pas réussi à se lever aussi tôt que les jours précédents. Emmitouflé sous les couvertures, il écoute son corps. Il ne fonctionne plus comme il devrait, il ne répond plus, il se fatigue et s'affaiblit.

Giuseppe perçoit la diminution et l'épuisement. Angoisse.

Est-ce l'annonce de la fin ? Doit-il songer à la mort ? Il essaye de l'imaginer. C'est comment, l'au-delà ? Blanc ? Noir ? Silencieux ? Est-ce la paix ? Le néant ?

Il ne croit pas aux histoires qu'on raconte sur le bon Dieu à l'église, à tous ces épisodes magiques, la Visitation de l'ange, l'Immaculée Conception de la Vierge Marie, le tombeau vide, la Résurrection. Le plus étrange à ses yeux, c'est cette histoire du pain qui se transforme en corps du Christ. Il voudrait bien y croire, comme les autres, mais il n'y arrive pas. Évidemment, il n'a confié ses doutes à personne et va communier comme tout le monde sans rien laisser paraître. Des différentes célébrations religieuses, il n'en aime vraiment qu'une, la nuit de Noël. Il s'y rend avec plaisir ; elle est joyeuse et précède un bon dîner chez sa sœur. C'est tout.

La mort, plus il y pense, plus il la sent rôder, comme si elle le guettait.

Va-t-il souffrir ? Cette douleur qu'il sent dans son ventre va-t-elle le ronger jusqu'à l'emporter ? Des anges viendront-ils alors le chercher, comme ceux qu'il voit sur les vitraux de l'église ?

Il se promet qu'il aura le courage de partir sans peur, d'accepter que la mort le prenne et qu'il aura l'élégance de la suivre avec dignité. C'est ça, oui, le courage et l'élégance.

9 heures sonnent au campanile de l'église. Derrière les volets dont les jointures ferment

mal, le jour peine à se lever. Les journées d'hiver en Lombardie sont dévorées par la brume.

Stefano doit venir ce matin pour travailler au grenier. Cette idée réjouit Giuseppe et lui donne l'énergie de s'activer pour être prêt à le recevoir. Il doit se lever, ranimer le feu, s'habiller. Il bouge ses membres sous les draps, ses pieds, ses chevilles, puis il étire ses jambes, ses genoux, ses bras. À la sortie du lit, le froid le saisit. L'espace semble s'être dilaté ; le poêle lui paraît plus loin qu'il ne l'avait pensé, mais le feu reprend rapidement et ne tarde pas à réchauffer la pièce.

*

Trois coups résonnent contre la porte. C'est Stefano qui toque pour s'annoncer. « Jamais en retard, celui-là », songe Giuseppe en l'invitant à entrer. Le jeune homme ouvre la porte avec énergie. Accolade. Ses grands bras solides étreignent le maître avec conviction. Il n'est pas haut mais paraît taillé dans un bloc de marbre. Ses cheveux bouclés ont pris la couleur des feuilles d'automne et encadrent son regard devenu plus tendre.

Il pose huit petits pains sur la table.

— Comment va ta belle Bianca ?

— Bien, souffle Stefano, gêné.

Depuis le printemps dernier, leurs rendez-vous dominicaux sont agrémentés de petits pains encore tièdes. Giuseppe a vite deviné que la fille du boulanger était à l'origine de ces douceurs. Tous les matins, en cachette, elle en offre à Stefano, mais le dimanche, quand son fiancé va travailler avec Giuseppe, elle double la mise, pour le bonheur du vieil artisan.

Au début, ce dernier a taquiné son apprenti, jusqu'à comprendre que l'affaire était sérieuse et que Stefano était très amoureux. Il l'a alors interrogé sur ses projets, lui a demandé si ses sentiments étaient partagés et s'il comptait faire sa demande. Stefano est resté évasif et Giuseppe l'a découvert pudique. Il l'a donc laissé tranquille, observant à distance la romance se développer.

Stefano préfère se concentrer sur son ouvrage ; quand il travaille, son souffle se ralentit et son buste se tient bien droit, comme tendu par un fil invisible. Assidu et tenace, le garçon a acquis la précision et le sens de la perfection de son maître. Avec les années, il est aussi devenu plus calme et plus patient.

Ce matin, il ouvre l'armoire et en sort un violon enveloppé dans un morceau de velours pourpre. Il le pose sur l'établi. Cela fait un an qu'ensemble ils travaillent sur cet instrument. Et pas n'importe lequel. C'est le violon parfait dont Giuseppe avait entamé la réalisation lorsqu'il avait encore l'usage de sa main. À l'automne dernier, le maître l'a sorti du coffre où il l'avait remisé et a demandé à son élève de l'aider à le finir.

— Aujourd'hui on ajuste et on règle le chevalet. D'accord ?

— Absolument, acquiesce Giuseppe.

Après des heures de travail passées côte à côte, une complicité s'est tissée entre les deux hommes. Exempte de mots, elle est faite de signes et de codes tacites. Avant de faire quoi que ce soit, le jeune homme regarde toujours Giuseppe pour obtenir son accord. Le luthier opine alors ou corrige un geste avant de le laisser continuer. S'il lève la main droite, cela signifie que le garçon peut poursuivre. La gauche, qu'il va trop vite. Ainsi se termine ce violon, à quatre mains, silencieusement.

À son tour, Stefano est devenu l'artisan le plus prometteur de l'atelier de Maggini. Brillant, simple, généreux, il est apprécié et maîtrise son métier. Giuseppe a assisté avec fierté à son ascension. Certains jours, il aime se dire : « C'est grâce à moi. C'est moi qui l'ai formé. »

Personne ne connaît leur histoire. Ils ne parlent pas de leurs rendez-vous dominicaux dans le grenier de Giuseppe et ce secret les tient liés.

Il y a eu des jours noirs : des colères, des fatigues, des exaspérations et des mots durs. Il a fallu dépasser les rancœurs, les frustrations, les impatiences. Il a fallu continuer.

Mais il y a aussi eu de nombreuses joies : le bonheur d'achever une volute, le soulagement de poser un vernis à la perfection, la fierté d'un filet réussi ou d'une ouïe parfaitement dessinée.

Mais pour Giuseppe, le plus important reste d'avoir pu transmettre sa passion et son savoir à son jeune apprenti.

Trois heures après être arrivé et s'être mis à l'ouvrage, Stefano se redresse et contemple le violon. Cuivré, rougeoyant, il ressemble à un blason de chevalier. Il se lève pour aller prendre une pince près de la fenêtre, la cherche, hésite un instant, revient et fait un geste brusque, manquant de heurter l'instrument. Doucement, Giuseppe se lève à son tour et l'interrompt.

— Allez, ça suffit pour aujourd'hui. On remballe.

— Mais, Peppo, il fait encore assez jour pour travailler !

— Non, la lumière est mauvaise aujourd'hui et je suis fatigué.

Stefano se tait, les yeux fixés sur les outils. Hormis les heures volées avec Bianca, il n'aime rien tant que ces moments passés ici avec Giuseppe. Il est déçu.

— Tu sais, Stefano, il est presque fini. Dimanche prochain, on commencera à l'essayer et on jouera pour l'écouter sonner, mais je n'ai pas de doute, c'est le plus bel instrument que j'aie jamais vu.

Stefano regarde Giuseppe puis commence à ranger les outils en silence. Lentement, un sourire se dessine sur ses lèvres. Il est fier ; c'est le plus beau compliment que son maître lui ait fait.

— Peppo, c'est vrai qu'on l'a fini à deux ce violon, mais c'est avant tout le tien.

— Peut-être bien, mais c'est toi qui l'auras fini ! Donc c'est le tien ! Et d'ailleurs il est temps de penser à le marquer d'une étoile. Le violon la mérite. Et toi aussi.

Stefano se fige. Marquer ce violon ? Jamais il n'aurait imaginé que Giuseppe l'y invite un jour. Son cœur cogne. La joie et la fierté se mélangent. Il pensait que seul son maître pouvait marquer les violons d'exception. Cette invitation est plus qu'un succès pour lui, c'est un adoubement.

Il a soudain conscience d'être le seul héritier du savoir-faire et du génie du luthier. Il se sent désormais investi d'une mission, celle de reprendre le flambeau que Giuseppe lui tend ainsi symboliquement. Il ne désire rien tant que d'être à la hauteur de la confiance que le vieil homme lui accorde.

Pourtant, très vite, il s'inquiète. Une fois le violon fini, que feront-ils ensemble ? En commenceront-ils un nouveau ? Giuseppe paraît de plus en plus fatigué et Stefano a encore tant à apprendre de lui ! Le luthier le voit songeur, les sourcils froncés, et lui lance :

— Ne t'en fais pas, mon garçon, il y aura d'autres violons, d'autres défis. Ce n'est que le début ! Et puisque tu n'as pas envie de t'arrêter aujourd'hui, viens donc ici. Nous allons marquer cette étoile maintenant.

26

Lazlo n'a jamais cessé de rêver des États-Unis. La réclame de la Compagnie générale transatlantique le nargue chaque fois qu'il quitte la place Saint-Jean pour rentrer au camp.

Un jour pourtant, il décide d'entrer dans l'agence de voyages pour se renseigner sur la traversée et en avoir le cœur net. La réponse vient confirmer ce qu'il pressentait ; le voyage dure six jours et cinq nuits et le billet, même en troisième classe, est au-delà de ses moyens.

Mais en sortant de l'agence, il s'arrête soudain sur le trottoir. Il pense à Mina et à ce qu'elle lui disait souvent : « L'argent, ça ne vaut rien. Seuls les rêves comptent. » Il repense aussi à sa dernière discussion avec Chavo qui lui a conseillé de vendre le violon pour partir. Il songe enfin à ce que lui disait Nathanaël sur les objets : « S'y attacher, c'est s'entraver. »

Devant l'agence, il hésite encore un instant en regardant l'affiche et soudain il sait : il partira. Il fera ce voyage pour être fidèle à la promesse qu'ils s'étaient faite avec Mina et pour réaliser leur rêve. Mais il ne peut pas attendre, il doit le faire tout de suite. Retarder son départ, c'est prendre le risque de ne jamais oser. Or il est déterminé à partir, quoi qu'il en coûte.

Il lui faut maintenant vendre le violon. Immédiatement, il repense à ce jeune homme élégant et distingué qui était venu lui parler au pied de la Croix-Rousse il y a quelques semaines. Il buvait un apéritif en terrasse et l'avait écouté avec attention. C'était un musicien de l'Opéra de Lyon. Il trouvait son violon magnifique, il en aimait le son et il cherchait justement un nouvel instrument ; il venait d'être promu premier soliste de l'orchestre et il était prêt à le lui acheter à un prix honnête. Mais Lazlo avait refusé net.

« Je dois le retrouver ! pense-t-il, j'espère qu'il n'a pas acheté un autre violon depuis. » Il file place de la Comédie, juste derrière la place des Terreaux, et s'y poste pour attendre la sortie des artistes et des musiciens. Après quelques heures, ces derniers paraissent enfin, le jeune homme brun en tête. Sans détour, Lazlo l'interpelle et lui annonce qu'il est prêt à se séparer du violon, mais pas à n'importe quel prix. Il se montre dur dans la négociation et ne lâche rien, usant pour une fois de tout ce que Nathanaël lui a enseigné depuis qu'il est enfant et qu'il avait jusqu'ici si mal appliqué. Il n'annonce pas de prix mais laisse le jeune homme lui dire combien il serait prêt à payer, somme qu'il double immédiatement avec aplomb. L'autre, surpris, essaye de le faire baisser mais Lazlo tient bon.

— C'est à prendre ou à laisser, affirme-t-il. Vous m'avez entendu jouer. Vous connaissez la valeur de cet instrument.

Après des négociations serrées, l'affaire est finalement bouclée. Lazlo est fier de laisser partir le violon à si bon prix et soulagé de le vendre à un musicien de qualité. Mais l'argent en poche, il a tourné le dos et s'est enfui très vite pour ne pas risquer de changer d'avis.

Car évidemment, quitter le violon, c'est quitter Nathanaël qui le lui a légué, et plus encore le souvenir de Mina pour qui il a tant joué. C'est aussi quitter la communauté au sein de laquelle l'instrument lui a permis de trouver sa place. Vendre le violon, c'est plonger dans le vide, mais c'est aussi larguer les amarres, partir et laisser peut-être derrière lui cette peine qu'il traîne depuis si longtemps.

Le soir même, Lazlo est passé au camp réunir quelques affaires avant de monter dans le premier camion qu'il a trouvé, direction Le Havre ; il quitte Lyon sans un au revoir. Il ne veut pas voir de visages tristes et préfère garder intact le souvenir du rire de Chavo et des moments qu'il a partagés avec chacun. Surtout, il souhaite conserver son élan sans se poser de questions ni prendre le risque de douter et de renoncer.

Après une traversée de la France qui lui paraît interminable, il arrive enfin au Havre. Là, il se précipite sur les quais et se présente au guichet de la Compagnie de la gare maritime.

— Nous avons un départ demain. Mercredi 16 octobre. Il est quasiment complet mais il reste quelques places de troisième classe. C'est un nouveau paquebot, ultra rapide : il fait le voyage en quatre jours. Les billets partent vite. Dépêchez-vous !

Sans hésiter, Lazlo sort de sa poche l'argent nécessaire et achète le précieux billet. Il apprend alors qu'il va embarquer sur le plus grand bateau au monde, le *Normandie*. Le navire est dans sa première année de service et tout le monde se presse pour voyager à bord de ce géant des mers. Dans le hangar sur les docks où il passe la nuit, Lazlo tente en vain de dormir. Il ne peut trouver le sommeil tant son excitation est grande.

Le lendemain, à 13 heures, il emprunte la passerelle d'accès, son sac à l'épaule. Il est ébahi par les valises luxueuses et les malles-cabines qui sont hissées à bord. Tel un gamin, il ne tient pas en place. Il longe les couloirs, grimpe les escaliers, ouvre une porte et se retrouve sur le pont où des voyageurs se pressent en nombre. Les familles restées sur le quai lancent leurs derniers adieux. Les mouchoirs s'agitent. Les curieux se serrent pour assister de près au départ du *Normandie*.

Après une attente qui lui paraît ne jamais finir, il entend enfin les marins crier les instructions pour la manœuvre et les observe remonter les amarres. Il est 14 heures, ils partent enfin. Serrés les uns contre les autres, les passagers regardent s'éloigner les falaises blanches de la côte normande. Le cœur battant, Lazlo inspire à pleins poumons l'air marin tout en plongeant ses yeux dans le bleu de la mer. Il exulte : il part pour New York !

Après avoir posé ses affaires sur sa couchette, dans la cabine numéro 1143 située sur le pont D à l'arrière du paquebot, il décide de partir en exploration. Il découvre alors l'étendue et le faste du navire encore flambant neuf. Il n'est en service que depuis quelques mois et offre tout le confort moderne. Des poignées de porte en cuivre aux lustres Arts déco, tout est d'un raffinement extrême. Lazlo dévale les escaliers, arpente les ponts, scrute à travers les hublots, espionne derrière les portes. Il s'émerveille du décor de la salle à manger, rêve devant les plats annoncés sur le menu du restaurant dont il ignore pour certains ce qu'ils signifient – cantaloup frappé au sherry, asperges sauce antiboise, bombe Grand Duc... –, et garde précieusement une boîte d'allumettes qu'il a trouvée dans le fumoir et sur laquelle est représenté le paquebot fendant les flots. Plus loin, sur une affiche, le *Normandie* fait son entrée dans le port de New York. « *The world's largest ship* », parvient à déchiffrer Lazlo.

À 20 heures, le navire fait escale à Southampton, ultime arrêt avant de se lancer pour une traversée de l'Atlantique qui va durer quatre jours. Juché sur un tabouret du bar des troisièmes classes, Lazlo n'en revient toujours pas. Il lui semble vivre un rêve. Ses pensées galopent déjà vers les États-Unis. Il reste ainsi longtemps immobile, sans voir le temps passer, avant d'aller enfin se coucher.

C'est à cette même place qu'il entend le lendemain deux serveurs raconter que le violoniste de l'orchestre des premières classes, atteint d'un mal de mer épouvantable, ne peut plus assurer son service et met en péril le concert au programme du dîner de gala vendredi soir.

Lazlo saisit alors l'occasion et, interrompant la conversation, se présente en tant que musicien.

— Je peux le remplacer, moi ! Mais il faut qu'on me prête un violon.

Les deux hommes se regardent en hésitant avant de lui demander d'attendre là, le temps que l'un d'eux monte en parler en première classe. Dix minutes plus tard, il apprend qu'il est attendu à 11 heures pour une audition.

C'est ainsi que le lendemain, vendredi, il enfile un costume trop large qu'on lui a prêté pour l'occasion et grimpe les escaliers menant aux ponts des premières classes afin de rejoindre les rangs de l'orchestre de Bob Crislers.

La traversée prend alors pour Lazlo un tour nouveau. Subjugué, il découvre un monde inconnu : l'univers du luxe et des strass. Les broches, les épingles à cheveux, les robes, les porte-cigarettes, les minaudières, jusqu'aux boutons de manchettes, tout brille. Le raffinement se mêle à la légèreté. Au début de la soirée, le Grand Salon où ils doivent se produire est plein. Tout en jouant, Lazlo examine la foule. Des couples plus élégants les uns que les autres discutent par petits groupes, certains debout, d'autres assis autour de tables basses en bois précieux. Sous les lustres, les robes brodées de paillettes étincellent et contrastent avec les smokings impeccables des messieurs. Les coupes mordues de rouge à lèvres sonnent contre les verres à cocktail, les rires fusent sous les plafonds dorés, l'ambiance est à la fête. Lazlo ne connaît pas la plupart de ces gens visiblement célèbres et dont il entend les noms tant de fois répétés : Murry et Leonie Guggenheim, Pierre de Malglaive… En attendant, c'est une femme étrangère portant deux colliers étincelants de pierres précieuses sur un sari rose vif qui le fascine. La princesse indienne Brinda Devi, Maharani de Kapurthala, lui souffle le contrebassiste qui se tient derrière lui.

Les accords sont étouffés par les rires, les conversations animées et les tintements des verres. Dans le Grand Salon, l'orchestre joue non loin du bar où affluent les messieurs en quête d'une coupe de champagne ou d'un verre de Marie Brizard. Après le dîner, les musiciens rejoignent le grill-room où ils restent jusque tard dans la nuit, enchaînant les airs de jazz, *Lady Be Good, Summertime, Sophisticated Lady, On The Sunny Side of the Street…*

Après cette soirée époustouflante, Lazlo n'arrive pas à trouver le sommeil. Le lendemain, il poursuit ses découvertes, l'orchestre devant cette fois se produire au bar de la piscine avant le déjeuner, puis à nouveau au Grand Salon à l'heure de l'apéritif. À la piscine s'organisent des concours de plongeon. De loin, Lazlo observe les femmes avec discrétion. Il n'a jamais vu de créatures aussi sophistiquées ni aussi belles. Il admire leurs jambes fuselées, leurs silhouettes galbées, et s'amuse de leur démarche presque chaloupée. Elles le fascinent avec leurs cheveux courts, leurs tailles étroites et leurs dos dénudés par l'échancrure de leurs costumes de bain. En les regardant, il se sent légèrement coupable de pouvoir désirer d'autres corps que celui de Mina, mais pas une de ces femmes ne possède sa beauté presque sauvage. « Aucune n'aura jamais son énergie et sa grâce », se dit-il. Cependant, l'excitation du voyage et de la découverte ne lui laisse pas le loisir d'y penser plus longuement. Lazlo ne se lasse pas d'arpenter les couloirs et les ponts du *Normandie*. Le long des promenades couvertes, des serveurs offrent des rafraîchissements aux passagers. Dans la salle de lecture, les curieux peuvent trouver la dernière édition du quotidien *L'Atlantique* relatant les nouvelles du monde entier. Dans le Grand Salon se préparent des « *matchs exhibitions* » de boxe et d'escrime, tandis que dans un petit salon est organisé un défilé de mode. Le soir, sur le pont des embarcations, la piste de danse du grill-room ne désemplit pas. Un air d'euphorie semble envelopper le paquebot du matin au soir. La vie sur le *Normandie* est un enchantement dont Lazlo profite à chaque instant ; il voudrait presque que ce voyage ne finisse pas.

Après avoir lancé de longs coups de sirène pour signaler son arrivée, le paquebot accoste finalement dimanche 21 octobre 1935, débarquant les passagers à New York sur le pier 88 de la French Line. Lazlo pose un pied sur la terre ferme et se sent tanguer. Aveuglé par le soleil, il tente de découvrir à quoi ressemble la ville. Vue de plus près et surtout vue du sol, elle est impressionnante. Au pied des immeubles qui semblent toucher le ciel, il se sent intimidé. Le vent qui s'engouffre en sifflant entre les buildings lui coupe aussi un peu le souffle.

Lazlo se tourne vers Georges, un Français avec qui il a sympathisé pendant le voyage et qui lui a offert de partager une chambre en ville pendant quelques jours. Ce dernier l'invite à le suivre en direction du quartier italien où se trouve son point de chute, chez un cousin par alliance. Laissant les piers derrière eux, ils partent ensemble à travers un damier de rues. À chaque pas, Lazlo est un peu plus conquis par la ville gigantesque qu'il découvre et qui déborde de vie. Dans les rues, les voitures et les autobus vrombissent, les sirènes assourdissent les piétons. À chaque croisement, un vendeur de bretzels, de hot-dogs ou de doughnuts – des beignets ronds et sucrés – interpelle les passants pour vendre ses produits ; des cireurs de chaussures sont postés à l'entrée des bouches de métro et les restaurants comme les bars semblent pleins à craquer. La ville grouille de gens qui viennent de partout : Chinois, Irlandais, Africains, Russes, Polonais, Italiens.

*

Le lendemain matin, impatient, excité, Lazlo s'est réveillé tôt. Il a envie de sortir, de respirer et d'explorer la « Grosse Pomme ». Il s'extirpe discrètement de la chambre qu'il partage avec Georges et se dirige vers la rivière, à l'est de l'île sur laquelle fut bâtie New York. Il veut aller voir de plus près ce grand ouvrage qu'il a aperçu depuis le paquebot avant d'accoster sur le pier 88. Un pont suspendu dans les airs !

« Manhattan, Manhattan, Manhattan », répète-t-il en essayant de parfaire son accent et son intonation. Il a compris qu'il faut vite prononcer le « *Man* », qu'il faut aspirer le « *ha* » et fermer le son du « *an* ».

Il quitte Ludlow Street, tourne sur Broome, croise Bowery et descend sur la gauche. Il regarde les noms des rues avec attention, s'efforce de les enregistrer en s'exerçant à les prononcer. Ces doubles lettres sont curieuses. Deux *o* collés. Il n'est pas sûr du son qu'ils forment.

Il se dirige à l'instinct dans cette ville qu'hier encore il ne connaissait pas. Il a tout à découvrir, tout à apprendre. New York est gigantesque, organisée en damier. Elle s'étire en hauteur avec ses immenses immeubles, et en longueur avec ses rues en ligne droite dont on ne voit pas la fin. Les perspectives sont vertigineuses. Lazlo voudrait faire le tour de l'île, l'arpenter entièrement, la voir de toutes parts, la saisir.

Il a tourné sur Catherine Street et aperçoit enfin la rivière. Il accélère et la voit maintenant paraître face à lui, une large étendue de bleu dans la lumière froide et crue du matin. Le pont s'élance au-dessus d'elle. Il tend sa construction de fer et fait penser à un acrobate ambitieux, à la fois solide et léger, traversant l'eau.

Encore quelques mètres pour rejoindre le Brooklyn Bridge. Lazlo emprunte la passerelle piétonne, fait quelques pas et ouvre les bras en croix pour inspirer l'air américain qui a décidément un goût de liberté.

Il continue ensuite à avancer sur le pont. Il se sent aussi vif que le vent qui siffle dans les câbles, aussi leste que les bateaux qui sillonnent l'Hudson River. En quelques heures, l'énergie électrisante de la ville l'a galvanisé. Il regarde la ligne que forment les immeubles de Manhattan, une dentelle qui découpe des formes irrégulières sur fond bleu. « Tout ici tend vers le ciel» , pense-t-il.

*

Pendant la traversée, il a entendu parler des clubs de jazz de la ville, et notamment du Cotton Club qui revenait dans toutes les conversations. Il a décidé de s'y rendre au plus vite pour mettre en œuvre son projet ; trouver des musiciens avec qui jouer cette musique qu'il a apprise aux Saintes et écoutée à bord du paquebot, faire un succès et devenir célèbre. Même tout seul, il y arrivera ; il se l'est promis.

Le lendemain soir, il se faufile donc dans la pénombre du club en question. Ne pouvant se payer un verre et craignant de se faire mettre à la porte, il s'est collé contre le mur du fond, dans le noir, invisible des serveurs et du barman. Là, il écoute attentivement les morceaux que les musiciens enchaînent. Pas de violon pour l'instant, mais un saxophone, une contrebasse, une batterie, une guitare. Il enregistre chaque note, chaque rythme. Il est encore occupé à mémoriser le dernier morceau quand soudain, il entend résonner la clarinette inimitable de Gabor. Son cœur s'arrête, son souffle avec : son ami est donc là ! Est-ce possible ?

Lazlo a du mal à se calmer et se retient de bondir sur le clarinettiste. Quand la musique s'arrête et que la salle se vide, il monte enfin sur scène et se précipite sur Gabor. Les deux amis se jettent dans les bras l'un de l'autre et, sans dire un mot, se tiennent enlacés pendant de longues minutes. Mais Lazlo se détache soudain ; il regarde Gabor et toute sa colère tue depuis des mois éclate enfin. Il se met alors à injurier son ami, à moitié en français, à moitié en romani.

— *Va bouillave tes morts !* Comment as-tu pu *te natchave* sans me prévenir ? crie-t-il. Je t'ai cherché partout, *narvalo* ! Je me suis retrouvé seul du jour au lendemain ! J'ai été plus malheureux qu'une tombe, pendant des mois entiers, alors que toi, pendant tout ce temps, tu étais ici ! *Gou djaro !* Tu m'as trahi. Tu es parti sans moi à New York où on devait aller ensemble ! Comment t'as pu me faire ça ?

Gabor passe son bras autour de l'épaule de son ami pour tenter de l'apaiser et le dirige en même temps vers la sortie.

— Viens, mon gars, allons parler dehors. Ils n'aiment pas les engueulades dans le club et je compte bien revenir jouer ici avec toi.

Une fois dans la rue, Gabor lui raconte les circonstances de son départ précipité des Saintes-Maries-de-la-Mer. Ce soir-là, il était resté discuter avec le guitariste alors que Lazlo, mort de fatigue, était parti se coucher.

— Tu te souviens qu'il y avait des copains du gratteur de cordes pendant la soirée ? Des types en costume clair et bien plus chic que les autres, pas des musiciens mais des roms d'en haut, des gars de Lille. Ils partaient le soir même pour le nord de la France et pouvaient nous faire monter dans un bateau pour New York sans payer, via les soutes. L'occasion était unique. Il fallait la saisir.

Gabor avait couru pour aller réveiller Lazlo et le prévenir mais ne l'avait pas trouvé dans sa couchette.

— Je t'ai cherché partout. J'te jure !

— J'ai dormi sur la plage ce soir-là parce que j'avais trop chaud dans la roulotte, souffle Lazlo.

— Ah ! C'est donc ça ! Mais moi je devais faire vite. Les gars partaient, tu comprends !

Gabor avait hésité puis avait fini par se décider : il partait, seul, mais il partait. L'occasion ne se représenterait plus. Il en avait eu honte pendant des semaines, et durant des mois s'était senti coupable d'avoir abandonné son ami, et leur rêve de jouer ensemble à New York.

Lazlo écoute les explications de son ami et s'interroge. Qu'aurait-il fait à la place de Gabor ? Aurait-il laissé passer une chance aussi inespérée ? Il marche et réfléchit. Non, il sait qu'il aurait fait comme Gabor. Il se tourne vers son ami :

— J'te comprends, mais sur le coup c'était très dur. Enfin, ce qui compte c'est qu'on se soit retrouvés. Allons boire un coup ! Emmène-moi dans un bar ! Montre-moi New York !

Gabor le serre dans ses bras.

— J'te lâcherai plus, mon gars, tu peux en être sûr ! Tu vas devoir me supporter pendant des années ! Mais raconte-moi, maintenant : comment as-tu fait pour arriver jusqu'ici ?

Ensemble, ils descendent les marches qui mènent au sous-sol d'un immeuble de l'East Village et poussent la porte d'un bar qui se cache au sous-sol. Il est temps de fêter leurs retrouvailles !

*

Une semaine plus tard, Lazlo se sent à New York presque comme chez lui. Hier soir, Gabor est allé jouer à un dîner de gala en l'honneur du *Normandie*, le paquebot sur lequel il a voyagé et qui a remporté le Ruban bleu pour avoir traversé l'océan en un temps record. Son ami s'est fait engager dans l'orchestre qui assure les interludes de la soirée, durant laquelle sera présenté

La Croisière jaune, un film qui relate une expédition inédite à travers l'Asie.

« Tout est possible ici », lui a dit Gabor en partant.

« Oui ! Ici, une vie différente peut commencer », pense Lazlo. Dès qu'il est arrivé à New York, il a senti que sa place était bien là, sur cette terre nouvelle. De l'autre côté de l'Atlantique sont restés Mina, Nathanaël et les autres. Il devait les laisser derrière lui et avancer mais il ne les oublie pas. Son rêve, il l'accomplit d'une certaine façon grâce à eux, mais peut-être aussi pour eux ; il est le gardien de leur souvenir et se promet de le faire vivre ici.

Ici, il peut être lui-même sans se sentir à l'écart. Ici, il sera peut-être heureux.

Oui, à New York, tout est possible, se répète-t-il, à commencer par faire carrière. Mais pour cela, il lui faut un violon. Et vite.

27

Dans le hangar, une voix résonne et fait écho à la porte que l'on vient de claquer.

— Salut Lucie !

— Salut. Ça va ?

Pauline surgit du recoin qui sert de cuisine.

— Super, et toi ? Tu veux un café ?

— Carrément, je suis un peu dans le brouillard.

— Un dimanche matin un peu raide ?

Lucie acquiesce et attrape la tasse de café.

Elle a croisé Pauline par hasard dans un bar il y a plus d'un mois. Elles s'étaient connues aux Beaux-Arts puis s'étaient perdues de vue. Une soirée passée ensemble leur a permis de retrouver leur complicité d'alors. En apprenant que Lucie préparait une exposition, Pauline lui a proposé une place dans son atelier. Depuis, Lucie se rend les week-ends et certains soirs dans ce hangar aux confins de Saint-Ouen.

Elle s'effondre dans le large fauteuil marron.

— Bulle est morte.

— Ta grand-mère ? Elle est morte ? Mais quand ? Merde, je suis désolée…

— Dans la nuit de lundi à mardi. Ils m'ont appelée le lendemain. Je veux dire, ma mère m'a téléphonée pour me prévenir. Je rentrais du boulot. Je te raconte pas, j'ai pleuré pendant des heures, je pouvais même plus parler, j'ai pas dormi pendant des nuits.

— Mais qu'est-ce qui s'est passé ? Qu'est-ce qui lui est arrivé ?

— Rien. Enfin, on ne sait pas. Elle s'est endormie et elle ne s'est pas réveillée.

Lucie se penche vers la grosse bobine en bois EDF qui fait office de table basse et se ressert un café.

— Une belle mort.

— Ouais, on peut dire ça. Une belle mort. Mais elle est partie sans prévenir.

La voix de Lucie déraille à la fin de la phrase. Elle se tait un instant et retient un sanglot.

— Je devais m'occuper du violon dont je t'ai parlé. Je devais le faire expertiser, j'aurais dû avoir des réponses, mais j'ai trop attendu et maintenant elle est partie, sans savoir si c'était bien un vrai. Tu peux pas savoir comme je m'en veux. J'aurais dû aller plus tôt chez le luthier de Londres, j'aurais dû le rappeler aussi pour faire bouger les choses mais je n'ai rien fait. Et le pire c'est que je n'ai toujours pas de nouvelles ! C'est toujours la même chose avec moi. J'aurais dû faire ci, j'aurais dû faire ça, mais je ne fais jamais rien. Je n'étais même pas allée la voir depuis mon retour de Londres.

— Arrête de culpabiliser. Tu ne pouvais pas savoir que ta grand-mère partirait en une nuit. Tu sais ce que je crois ? Si elle n'était pas sereine, elle ne serait pas morte comme ça. Elle serait tombée malade, elle serait allée à l'hôpital. Au lieu de quoi elle est partie tout en douceur. C'est bien le signe qu'elle était en paix, non ?

Lucie écoute. Elle apprécie Pauline exactement pour ça, son intelligence de cœur, sa sensibilité, sa compréhension et son recul sur les choses et la vie. Elle est si rassurante, si juste aussi.

— L'église était pleine à l'enterrement. C'était incroyable. Il y avait plein de gens que je n'avais jamais vus. Beaucoup de ses anciens élèves étaient là et quatre d'entre eux ont chanté l'*Ave Maria* de Schubert, a capella. C'était magnifique. Même maman pleurait – elle qui n'a jamais de larmes pour personne. Bulle était une passionnée, elle allait au bout des choses ; elle aimait sincèrement les gens et ils l'aimaient en retour. C'est ce que j'ai pensé quand j'ai jeté la rose sur son cercueil... Je n'ai même pas eu le temps de préparer quelque chose ; j'aurais aimé peindre un truc ou écrire un texte, mais je n'ai pas eu le temps de faire quoi que ce soit, pas eu la force surtout. J'ai pensé lire un poème de Baudelaire, *Harmonie du soir*, mais ma mère a refusé. Trop triste, selon elle, comme si un enterrement pouvait être gai !

— Il est si triste que ça ?

— Non, pas tant que ça. Je peux te le dire. J'avais commencé à l'apprendre.

Voici venir les temps où vibrant sur sa tige
Chaque fleur s'évapore ainsi qu'un encensoir ;
Les sons et les parfums tournent dans l'air du soir ;
Valse mélancolique et langoureux vertige !

Chaque fleur s'évapore ainsi qu'un encensoir ;
Le violon frémit comme un cœur qu'on afflige ;
Valse mélancolique et langoureux vertige !
Le ciel est triste et beau comme un grand reposoir.

— C'est vraiment beau.

— Oui, et c'était aussi un hommage à son amour de la musique et au violon de son père, mais je n'ai pas voulu me battre contre ma mère. Donc, finalement, je n'ai rien fait, comme d'habitude.

Pauline se lève, la serre dans ses bras et lui suggère de se mettre au travail pour penser à autre chose. Lucie a entamé une série de paysages maritimes. Elle a retrouvé les photos d'un week-end passé à Dieppe et s'en inspire. De grandes toiles d'un mètre par un mètre cinquante se colorent progressivement de camaïeux de bleu, de vert, de rose selon les heures de la journée. La grève de galets, la digue en béton qui protège l'entrée du port, les cabines de plage. Tout est flou, délavé, sans contour précis. Lucie veut montrer l'évanescence, l'impression que l'on retient d'un paysage.

Travailler lui fait du bien. À 18 heures elle s'arrête, fourbue. Les épaules tendues, les bras raides, elle va s'asseoir sur l'un des canapés. Elle n'a pas vu le temps passer. Un dimanche enfermée dans un hangar. Ses toiles qui prennent forme. Elle est soudain épuisée et voudrait rentrer. Elle discute encore un instant avec Pauline avant de réunir ses affaires et de claquer la porte en fer.

Dehors, elle inspire l'air à fond et lâche un grand soupir. Depuis son voyage à Londres, quelque chose en elle a changé. Peut-être lors de cette soirée passée dans ce pub anglais ? Depuis, elle s'est vraiment mise au travail. Elle a investi l'atelier de Pauline à Saint-Ouen et se consacre entièrement à sa série sur Dieppe. Elle a emprunté de l'argent à son beau-frère pour acheter des toiles et le matériel nécessaire, puis elle s'est lancée.

En quelques semaines, elle a déjà réalisé dix tableaux et pense commencer le suivant la semaine prochaine. Elle se plonge dans le travail des heures durant, sans compter. La série prend forme et gagne en cohérence à chaque nouvelle peinture. Et elle ressemble enfin à ce qu'elle avait en tête.

Elle aura bientôt fini et redoute déjà le moment où elle devra présenter son travail à des galeries. Elle voudrait attendre, peut-être rappeler monsieur Bérard, ce professeur des Beaux-Arts. Il pourrait lui donner son avis et la conseiller.

Habituellement, l'énergie dépensée à l'atelier ne la fatigue pas, bien au contraire. Elle se sent plus forte et plus confiante chaque jour. Plus elle peint, plus elle se sent légitime. Plus elle se rend à l'atelier, plus elle a envie d'y retourner.

Mais ce dimanche soir, elle est épuisée. La mort de Bulle l'a beaucoup affectée et la tristesse la vide de ses forces.

Hall d'entrée. Boîte aux lettres. Courrier qui dort depuis quelques jours. Six étages à grimper. Tour de clé. Eau chaude dans la casserole. Paquet de tortellini. Boîte de pesto. Sachet de chips en attendant que les pâtes soient cuites.

Lucie ouvre les lettres posées sur sa minuscule table ronde. Une invitation de sa tante à fêter son anniversaire à Chatou, une facture EDF, une épaisse enveloppe en papier kraft de l'atelier de lutherie Hodgkins. Sa gorge se serre.

Lucie ouvre le pli et découvre une lettre et de nombreux feuillets agrafés portant l'en-tête du Dendrochronology Oxford Laboratory. Elle relit plusieurs fois le document en anglais avant de comprendre. Le violon est authentifié, c'est un vrai. C'est écrit en toutes lettres : « *Violin by Giovanni Paolo Maggini, Brescia, circa 1620.* » Il s'agit bien d'un véritable violon de maître ! Lucie n'y croit pas. Le luthier précise que l'instrument est en très mauvais état et que, pour le réparer, il faudrait débourser des milliers d'euros, sans savoir s'il pourra être joué à nouveau un jour. Il est néanmoins vendable ainsi. Lucie comprend également que des enchères internationales se tiennent prochainement à Vichy et qu'Hodgkins attend ses instructions pour savoir si elle souhaite payer le certificat d'authenticité et être aidée dans les démarches pour enregistrer et envoyer le violon à la vente.

En reposant les documents sur la table, elle éclate en sanglots. Les larmes ne s'arrêtent plus de couler. Elle se jette sur son lit.

La lettre a été postée lundi dernier. Si elle s'était rendue à temps à Londres chez le luthier, elle aurait pu apprendre la nouvelle plus tôt et l'annoncer à Bulle. Elle reste ainsi de longues minutes allongée, la tête dans l'oreiller, à pleurer en se répétant combien elle est idiote d'avoir tant tardé.

Elle pense à Bulle, à sa passion et à la confiance qu'elle avait placée en elle. « Elle a voulu vendre ce violon pour que je puisse organiser ma première exposition et que je réalise enfin mes rêves. D'une certaine façon, elle m'a mise au pied du mur », se dit-elle.

Abattue et épuisée par les larmes, Lucie se lève brusquement en sentant l'odeur de brûlé de la casserole qui chauffe à blanc sur la plaque électrique. Debout devant l'évier, elle aperçoit dans la glace son visage rougi par les pleurs.

Soudain, elle sait ce qu'elle a à faire pour réparer les choses et honorer la promesse faite à sa grand-mère. Elle n'hésite pas un instant et saisit son téléphone pour appeler le luthier : elle va mettre en vente le violon et elle va se rendre aux enchères à Vichy.

28

Rive droite, Charles longe les quais de Seine où le soleil l'accompagne en ce dimanche matin. Il n'a pas trouvé le moyen de se calmer depuis la veille au soir lorsqu'il a pris le premier train afin de quitter Rennes au plus vite.

Il est descendu à l'hôtel des Beaux-Arts où il a pris ses habitudes depuis quelques mois quand il vient à Paris. « Dormir » n'est pas le terme approprié. Malgré le moelleux du surmatelas et des nombreux oreillers, Charles a passé la nuit à se retourner dans son lit et il lui semble ne pas avoir dormi un instant. Au lieu de quoi il a lu et relu le message qu'Aure lui a envoyé.

Très cher Charles,

Je suis mortifiée par ce qui s'est passé aujourd'hui. Je me sens honteuse. Je n'ai pas réussi à vous le dire en face parce que je n'arrive pas moi-même à m'expliquer ce que je m'apprête à vous avouer. J'ai menti. J'ai monté de toutes pièces cette histoire de Maggini. Lorsque j'ai débuté, je me sentais peu légitime dans le monde de la musique. J'ai pensé qu'il me fallait une histoire et j'ai inventé celle-ci. J'en ai eu l'idée en lisant un hors-série du Monde de la musique, *je me suis dit que ce serait une belle histoire à raconter à cette journaliste, c'était ma première interview, j'étais démunie. Je sais que c'est idiot mais je voulais briller et j'ai toujours pensé que jouer sur un violon vieux de plus de quatre cents ans devait être extraordinaire. Bien sûr, ce n'est pas une excuse, mais jamais je n'aurais pensé que cette anecdote referait surface ou que quelqu'un retrouverait cet article.*

Jamais je n'aurais dû mentir, évidemment, ni imaginer cette histoire de violon de cœur. Aujourd'hui, je le regrette amèrement. Mon plus grand tort a été de ne rien vous dire quand vous êtes venu me voir à la fin de la master class. Je n'ai pas osé vous décevoir, pas voulu prendre le risque de vous faire fuir et de vous voir partir. Quand nous avons commencé à parler, vous vous êtes montré si passionné par la musique, si cultivé, que je n'ai pas pu revenir sur le sujet. C'était merveilleux de vous écouter et de pouvoir parler avec vous, de pouvoir partager enfin.

Plus tard, quand nous avons commencé à nous écrire, j'ai cru que cette histoire de Maggini était oubliée. Nous n'en parlions plus, je n'y ai plus pensé. J'ai aimé nos échanges. J'attendais vos avis sur mes choix de répertoire, vos conseils d'interprétation, vos messages avant un concert. Je les espérais chaque fois.

Au fur et à mesure, je me suis prise à imaginer plus qu'une simple relation épistolaire. Votre venue à Rennes m'a donné raison. Quand j'ai appris que vous étiez là, j'ai su que je n'étais pas seule à éprouver ces sentiments. Mais rien ne s'est passé comme je l'aurais voulu. Et je m'en veux tellement. Tellement.

Puisque maintenant je vous ai perdu, autant vous le dire : je tiens beaucoup à vous. Je n'arrive pas à croire que nous n'allons plus nous écrire et que nous ne nous reverrons plus. Je n'arrive pas à croire que j'aie pu gâcher cette relation par un mensonge absurde, inventé il y a des années pour me donner de l'assurance. Je suis tellement désolée, je vous demande pardon. Je n'attends pas de réponse de votre part mais j'espère que le temps passant vous accepterez un jour de me parler à nouveau. Je vous souhaite le meilleur.

À vous,

Aure

Un hors-série du *Monde de la musique*... Le même que celui commandé par Nancy quand il a commencé ses recherches sur les Maggini. Ironie du sort. Ce détail vient appuyer douloureusement sur la blessure de Charles.

Il tâche de comprendre les explications d'Aure et d'apaiser sa colère qui ne faiblit pas. Il s'en veut à lui-même autant qu'à elle. Voire plus. Un violon allemand ! Il aurait dû se douter qu'elle ne jouait pas sur un Maggini. Avec tout ce qu'il a lu sur cette facture ! Il sait bien que les instruments du luthier sont plus grands que la moyenne. Et connaissant Aure et sa petite taille, comment aurait-elle pu jouer sans inconfort sur un tel violon ? Lui d'ordinaire si perspicace, comment se peut-il qu'il n'ait pas même songé à cette question ? Et puis comment a-t-il pu s'embarquer dans une histoire pareille ? Faire confiance à quelqu'un qu'il ne connaissait pas ? Se fier à des propos rapportés dans un vieux blog ? Comment a-t-il pu manquer à ce point de clairvoyance ?

Au petit matin, il s'est levé pour aller marcher dans Paris. Un poids pèse sur sa poitrine. Il aimerait pouvoir parler, se confier à quelqu'un. Il cherche à qui il pourrait s'adresser.

Il a besoin d'une personne qui le connaisse, qui sache comprendre les sentiments qu'il éprouve pour Aure sans qu'il ait besoin de les nommer, qui comprenne pourquoi ce mensonge et cette trahison le font tant souffrir. Parce que ce n'est pas une simple déception, c'est une peine de cœur.

Il cherche mais ne trouve personne, aucun visage, aucun nom. Il se sent plus seul encore.

Arrivé au pont Alexandre-III, il fait demi-tour. Il se trouve maintenant à la hauteur de la passerelle Solférino. Les pavés inégaux des quais rendent son pas maladroit. Il se sent perdu pour la première fois de sa vie, déboussolé, faible. Il s'en veut soudain. Le vert des platanes lui paraît trop vif, presque agressif. À ses pieds, la Seine coule comme si de rien n'était, comme si rien n'avait changé.

Charles traverse la passerelle jusqu'au quai opposé. Il faut qu'il avale quelque chose, un café, un croissant. Il n'a pas mangé depuis la veille à

Rennes. Hier soir, il n'avait plus d'appétit et s'est contenté d'un cocktail au bar de l'hôtel.

Il pousse la porte de La Frégate, la brasserie qui fait l'angle du quai Voltaire et de la rue du Bac. Sous les lustres, les serveurs en costume noir et blanc ; en face, les façades dorées du Louvre. Jus d'orange frais, baguette craquante, une belle mie pleine de larges trous dans lesquels se logent le beurre salé et la confiture de myrtilles.

— S'il vous plaît, auriez-vous de quoi écrire ?

Paris, le 29 mars

Chère Aure,

J'ai besoin de mettre au clair tout ce qui est arrivé ces dernières heures. Peut-être même ces derniers mois. Je dois comprendre ce qui s'est passé dans ma vie car depuis que je vous ai rencontrée, je ne me sens plus vraiment moi et je ne me reconnais plus.

Vous avez bouleversé l'équilibre solide dans lequel je vivais. Tout cela m'inquiète. Parce que, même si je le voulais, je crois que je ne pourrais plus revenir en arrière.

Grâce à vous, j'ai retrouvé l'émotion que la musique m'avait offerte la toute première fois. Cela ne m'était pas arrivé depuis des années. J'ai pu à nouveau ressentir quelque chose. Cela non plus ne m'arrive pas souvent. Et notre rencontre n'a fait que m'ouvrir à une multitude de plaisirs nouveaux ; un changement s'est produit, qui me fait me sentir plus léger et plus vivant.

Je comprends qu'avant cela je ne m'étais pas autorisé à vivre ou à sentir. J'agissais de façon méthodique et rigoureuse, je ne laissais rien au hasard. J'avançais sans jamais me laisser surprendre.

Depuis hier, je ressens une colère énorme. Comme je n'en ai encore jamais...

Charles a posé son stylo.

Cette colère serait-elle à la mesure des sentiments qu'il éprouve pour Aure ? Des sentiments qui l'habitent depuis des semaines et qui, chaque jour, disent plus fort leur véritable nom. Il est aussi fou de rage qu'il est fou d'amour. La trahison d'Aure est d'autant plus violente qu'il pensait pouvoir lui faire confiance, lui d'ordinaire si prudent et réfléchi.

Est-ce qu'il pourra lui pardonner ? Quelle est la vraie nature d'Aure ? Que valent ses sentiments ? Doit-il la condamner ? Enterrer leur histoire ? Leurs échanges étaient-ils eux aussi mensongers ? Charles ne sait plus quoi penser. Étrangement, s'il est en colère contre elle, il n'arrive pas à la rayer de sa vie comme il l'a fait avec d'autres tout au long de sa carrière. Cette fois-ci, il s'interroge. Cette histoire de violon est-elle capitale ? Est-ce une raison suffisante pour ne plus parler à cette femme et se priver des sentiments qu'elle a éveillés en lui ? Et se priver, peut-être, d'être aimé en retour ?

Il n'a pas la réponse et laisse ces questions en suspens. Le regard perdu dans le vague, un instant, il observe les voitures défiler le long du quai

Voltaire puis plie la feuille en trois et la glisse dans la poche intérieure de sa veste. Il ne finira pas cette lettre. Ces quelques phrases jetées sur le papier l'ont un peu soulagé, il est plus apaisé. Les mots, mis en ordre, lui ont permis de ranger ses sentiments, de leur donner un nom. À présent, il y voit plus clair. Restent sa nuque raidie, ses mâchoires crispées et son front plissé. Il se sent plus éprouvé et vidé qu'il ne l'a jamais été, submergé par un flot d'émotions qu'il ne soupçonnait pas. Il comprend qu'il n'est pas seulement amoureux, mais qu'il aime sincèrement.

« Je verrai plus tard ce que je peux faire. J'ai besoin de repos », tranche-t-il finalement.

Pour essayer de penser à autre chose, il consulte l'agenda de la semaine à venir sur son téléphone.

« Lundi : Paris. Déjeuner avec Breguet. Call avec NYC.

Mardi : Vichy. Enchères internationales. »

Arrêt.

Vichy ?

Que faire ? Maintenir ? Annuler ?

Charles ne sait plus. Il est déconcerté et agacé, jamais encore il n'a connu autant d'hésitation ni de doute.

Au hasard, sans bien savoir pourquoi, il opte pour le choix le plus simple et le plus évident. S'en tenir à ses plans, achever ce qu'il a entrepris, réunir les violons, les expertiser, trouver les meilleurs et clore cette aventure.

Il ira.

Épilogue

Lucie se tient debout dans le fond de la salle des ventes. Elle est arrivée en retard à Vichy, le train Corail s'étant arrêté en pleine voie pendant près de trente minutes.

Il fait une chaleur terrible dans la vaste pièce. Les ventes sont commencées. Lucie tâche de se concentrer pour écouter les mises à prix, mais très vite elle décroche. Elle songe à la série qu'elle a presque finie et à l'exposition qui se prépare. Elle a trouvé un espace rue de Vintimille, un ancien studio de danse reconverti en centre d'art. Quand la directrice l'a rencontrée, elle lui a dit avoir beaucoup aimé son travail et lui a proposé d'exposer pendant trois semaines, à condition qu'elle gère elle-même l'accrochage, la mise en lumière et l'impression des cartels. Lucie a saisi l'opportunité sans discuter. L'endroit est immense, elle a six murs à occuper. Il lui a fallu peindre sans relâche pour présenter le plus de toiles possible et occuper l'espace comme elle le souhaite.

Seul problème, cette fois-ci, son beau-frère n'a plus voulu lui prêter d'argent et elle a dû demander à Greg de lui avancer encore 3000 euros qu'elle a promis de rendre une fois le violon vendu.

« De toute façon, a-t-elle pensé, je n'ai plus le choix, il faut y aller, c'est une chance unique. » Elle se devait de faire cette exposition, pour Bulle évidemment, mais pour elle aussi. Et finalement rien ne lui dit qu'elle ne vendra pas quelques toiles, ni qu'elle ne pourra pas attirer l'intérêt des professionnels qu'elle espère faire venir rue de Vintimille.

« Lot 70. Intéressant violon d'Hannibal Fagnola. Fait à Turin au millésime de 1928 en modèle Pressenda, portant étiquette d'Hannibal Fagnola et étiquette de Pressenda, signature sur l'éclisse avant gauche. Joint de table sous le cordier légèrement décollé et petite restauration sur l'éclisse arrière. 45000 euros. 46000 ? Monsieur au fond. 47000 ? Monsieur à droite. 48000 ? Ici encore. 49000 ? 49000 ? Adjugé pour 48000 à monsieur ici.

Lot 71... »

La rapidité avec laquelle se déroulent les enchères stupéfie Lucie. Jamais elle n'aurait imaginé que les choses pourraient aller si vite. Le défilé des lots s'enchaîne. Description, mise à prix, enchères, clac, coup de marteau, adjugé, VENDU !

Certains lots, néanmoins, ne trouvent pas d'acquéreur et finissent orphelins. Le commissaire ne leur accorde pas plus de temps qu'aux autres, ne leur donne pas de chance supplémentaire et passe au suivant sans s'attarder.

Lucie s'inquiète. Et si le violon de Bulle n'intéressait personne ? Il n'a pas été annoncé dans le catalogue car la décision de le mettre en vente a été prise tardivement et il a été ajouté au dernier moment sur le site Internet de la maison de ventes en vue des enchères internationales de lutherie. Lucie a été prévenue des risques liés aux lots de dernière minute et se demande si un acheteur potentiel aura eu le temps de le voir. « Je suis encore une fois en retard », a-t-elle pensé alors.

« Lot 78. Archet de violon de Dominique Peccatte. Monté maillechort. Fin de gerce sous baguette. Bon état. 18 000 euros. »

Lucie tâche de suivre le ballet des mains qui se lèvent. Le commissaire-priseur scanne la salle, le visage impassible. Son regard passe d'un endroit à l'autre, surveillant les gestes des acheteurs tandis qu'il annonce froidement les lots de sa voix monocorde.

Dans la pièce silencieuse, la tension est palpable. Les acheteurs semblent immobiles, seules leurs mains se lèvent avec discrétion. Parfois, Lucie n'a même pas le temps de les voir bouger. Elle les devine en suivant les yeux du commissaire qui vont et viennent sans s'arrêter.

« Lot 88. Violoncelle italien fait à la fin du XVIIe. Portant étiquette Joseph Guarnerius.

Table et fond recoupés et rallongés, différentes restaurations. 50 000 euros. »

Vus de dos, les acheteurs semblent identiques ; vestes sombres, chemises blanches ou bleues, cheveux coupés court. Quelques écharpes de soie colorée ponctuent ce tableau figé. Elle s'était imaginé tout autre chose ; des cris de déception, des silhouettes debout, le poing brandi. Elle est déconcertée et impressionnée.

« Lot 96. »

Ça y est. C'est le violon.

Numéro 96.

96. L'âge de Bulle à sa mort.

« Violon de Paolo Maggini. Fait à Brescia vers 1620. Portant une étiquette apocryphe de Maggini. Nombreuses restaurations sur table, fond et éclisses. 25 000 euros. »

Le temps se distend. Lucie retient son souffle.

« 25 000. Monsieur, devant. 26 000 ? Monsieur, à droite. 27 000 ? Devant encore. 28 000 ? À droite. 29 000 ? Monsieur, devant toujours. 30 000 ? À droite à nouveau. 31 000 ? Monsieur, devant encore. Qui dit mieux ? 31 000 ? Adjugé. » Clac. Marteau. Vendu !

Lucie lâche un soupir.

Ça y est. Le violon est vendu ! Elle a accompli sa mission, elle a réussi ! Et 31 000 euros… elle n'arrive pas vraiment à imaginer ce que cela représente. 31 000 euros… C'est une somme inespérée ! Et puis, elle est allée au bout du projet et elle a tenu la promesse faite à Bulle.

Avec cet argent, elle va non seulement pouvoir rembourser ses emprunts, mais aussi peindre encore et commencer d'autres séries. Pour l'exposition, elle pourrait même encore avoir le temps de faire deux grands formats ou alors ce diptyque de la digue de Dieppe à l'entrée du port dont elle rêve. La tempête et l'aurore.

Elle n'en revient pas et s'agite sur son siège, voudrait applaudir mais se retient, sourit comme cela ne lui était plus arrivé depuis longtemps. Mais soudain une ombre vient couvrir sa joie ; elle pense à Bulle. Elle aurait tant aimé pouvoir lui téléphoner, là, lui dire « on l'a fait », lui annoncer la bonne nouvelle et la remercier de lui avoir fait confiance et d'avoir cru en elle. Elle n'a envie d'appeler personne d'autre pour partager la nouvelle et reste prostrée de longues minutes, son téléphone à la main, sans penser à rien.

Les derniers lots sont vite adjugés et la vente s'achève. Les acheteurs se pressent maintenant vers l'estrade qui fait face au bureau du commissaire pour récupérer leurs ordres d'achat. Leur agitation soudaine tire Lucie de son abattement. Elle se lève et se dirige vers la sortie. Il ne lui reste maintenant qu'à quitter cette salle austère et à rentrer finir ses toiles.

Mais au moment d'atteindre la porte, quelque chose la retient. Lucie comprend soudain qu'elle ne veut pas partir avant d'avoir rencontré l'acheteur du violon. Elle l'a repéré de dos, crâne chauve, costume bleu marine, assis à l'avant de la salle. Il semblait déterminé, et chaque fois qu'un acheteur se manifestait il renchérissait sans tarder. Quelle que soit la somme, il voulait le violon, à tout prix.

Pourquoi cet homme est-il prêt à payer 31 000 euros pour un violon en si mauvais état ? Qui est-il ? Elle le voit, debout de l'autre côté de la salle, et, intriguée, elle s'approche. Il attend son tour pour accéder au bureau du commissaire, elle doit faire vite.

— Bonjour monsieur. Excusez-moi. Je suis la propriétaire du violon que vous venez d'acheter. Enfin, ma grand-mère était la propriétaire du violon qui appartenait à son père…

L'homme tourne la tête vers elle.

Silence.

Lucie poursuit, mais tout en parlant, elle sent qu'il se passe quelque chose d'anormal.

— … Je voudrais seulement savoir où va le violon. Ma grand-mère y tenait beaucoup, elle vient de mourir et je crois qu'elle aussi aurait aimé savoir parce que…

Ses mots se perdent et sa phrase meurt sans trouver de fin. Lucie a déjà vu ce visage. Elle le connaît bien. Elle cherche.

Charles White ! Le président de sa boîte à la Défense !

Elle reste interloquée.

Charles White achète le violon de Bulle ?

Lui, de son côté, ne l'a pas reconnue.

Évidemment, pense-t-elle, qui reconnaîtrait une standardiste ?

Il la dévisage alors de son regard bleu et perçant.

Silence.

Gênée, Lucie tente de reprendre sa phrase, mais Charles l'interrompt.

— Il est pour ma collection personnelle, si vous voulez savoir, dit-il. Et n'ayez crainte, je saurai en prendre soin. Maintenant, je vous prie de m'excuser mais j'ai un certain nombre de papiers à faire, les formalités nécessaires.

— Bien sûr, merci, merci, murmure-t-elle.

Charles la regarde soudain plus attentivement. Il est sûr d'avoir déjà entendu cette voix quelque part. Il la dévisage tout en cherchant. Ce visage ne lui est pas inconnu.

Une lampe torche balaye sa mémoire, elle fouille, vite, et trouve enfin ! Le standard, à Paris !

Que fait-elle ici ? Comment la standardiste peut-elle posséder un Maggini ?

Il perd son assurance et sa mine étonnée le trahit.

C'est Lucie qui, comprenant qu'il l'a reconnue, reprend cette fois la conversation.

— On se connaît, je crois. Vous êtes monsieur White. Je travaille dans votre société, à l'accueil, à la Défense.

Charles acquiesce, toujours sans voix.

— Je n'aurais jamais imaginé que vous collectionniez les violons, ni que vous alliez à des ventes aux enchères ! Vous semblez si occupé.

Elle a dit ça comme ça, sans réfléchir, pour combler ce silence gênant.

Enfin, Charles se reprend et parvient à demander :

— Vous prenez le train de 14 h 18 ?

— Oui.

— Nous pourrions faire le voyage ensemble ?

Charles ne se reconnaît pas et s'étonne de ce qu'il vient de dire. Proposer à la standardiste de ses bureaux de Paris de voyager avec lui ? Mais qu'est-ce qui lui prend ?

Pourtant il est sincère. Il a besoin de parler à quelqu'un, de raconter ses recherches et ses découvertes. Et puis, pense-t-il, peut-être pourra-t-elle lui apprendre de nouvelles choses. Après tout, le violon appartenait à sa famille. Surtout, il n'a plus envie d'être seul et cette jeune femme le touche.

Surprise, Lucie hésite, intimidée.

— Oui. Euh, oui, bien sûr.

— Entendu alors, mais laissez-moi d'abord remplir ces papiers et passer un coup de téléphone.

— Oui, j'imagine que vous devez aussi gérer des affaires en attente, répond-elle.

— Non, cette fois ce n'est pas professionnel. En vérité, je n'ai pas vraiment acheté ce violon pour moi, mais je vous raconterai ça dans le train, c'est une longue histoire.

J'adresse tous mes remerciements à mon éditrice grâce à qui ce roman a vu le jour.

Je remercie Olivier Targowla, écrivain, Roland Terrier, luthier à Mirecourt, Philippe Socquin-Brillan, collectionneur passionné du paquebot *Normandie* et Romane, guitariste de jazz, pour leurs lectures et leurs conseils précieux.

Enfin, un grand merci à ma famille et mes amis pour leur soutien et leurs encouragements.

12838

Composition
PCA

Achevé d'imprimer en Espagne (Barcelone)
par CPI Black Print
le 22 mars 2022.

Dépôt légal janvier 2021.
EAN 9782290225332
OTP L21EPLN002770A003

ÉDITIONS J'AI LU
87, quai Panhard-et-Levassor, 75013 Paris

Diffusion France et étranger : Flammarion